原作：浅見理都
脚本：浜田秀哉
ノベライズ：蒔田陽平

イチケイのカラス
（下）

扶桑社文庫
0738

本書はドラマ『イチケイのカラス』のシナリオをもとに小説化したものです。

小説化にあたり、内容には若干の変更と創作が加えられておりますことをご了承ください。

なお、この物語はフィクションです。実在の人物・団体とは無関係です。

7

再審請求――。

いきなり職場のフリースクールに訪ねてきた自分よりも若い女性裁判官の言葉に、仁科由貴は憤りをあらわにした。

「今さらなんですか。裁判所は兄の訴えに耳を貸さなかったじゃないですか」

怒りが由貴に過去をフラッシュバックさせる。

必死に無実を訴えた兄・壮介に女性裁判官が下した冷酷な判決の声。なにもできずにぼう然としていた弁護人の入間みちお……。

「再審請求は行いません」

坂間千鶴は黙ってその怒りを受け止める。

「『殺人者の妹』――その烙印で私もいろんなものを失った。このフリースクールはようやく見つけた居場所なんです」

由貴は真っすぐに坂間を見据え、言った。

「私、信じていません、裁判なんて」

「そうおっしゃるだろうって、入間さんも……。司法を憎んでいるはずだって」

「……入間さん、裁判官になられたんですよね」

「入間さんの行動は、裁判官からしたら非常識なことばかりです。でも、十二年前の事件のことがあるから、今の入間さんがあるんだと思います。それは仁科さんも同じではないんですか。つらい経験をしたから、痛みを抱えた生徒たちの気持ちが誰よりもわかる。そして、向き合うことができる」

「……」

「……すみません。わかったようなこと言って」と坂間は頭を下げた。

「……」

「一応、必要な書類置いていきます」

坂間は手にした大判の封筒をデスクに置くと、由貴に一礼し、教室を出ていく。

ドアの脇の壁に四十くらいのきれいな女性がもたれていて、坂間は少し驚いた。カチッとしたスーツを着ているが、この学校の教師だろうか。

女性は坂間にニコッと微笑（ほほえ）むと、そのまま教室に入っていった。


翌朝、出勤した坂間はみちおに向かって切り出した。

「再審請求の件ですが」

言いづらいが仕方がない。

「断られ――」

しかし、坂間の言葉はみちおにさえぎられた。

「断られると思ったけどな」

キョトンとなる坂間にみちおは言った。

「さっき連絡があって、前向きに考えてみたいって」

「えっ」と坂間が声を上げたとき、誰かが刑事部に入ってきた。

「あ」

昨日、フリースクールですれ違った女性だった。

「瑞希……」とみちおも驚く。

彼女は昨日と同じように坂間に微笑み、言った。

「仁科由貴さんがもし再審請求を行うなら、そのときは弁護人を務めさせてもらう青山瑞希です」

坂間は青山からみちおへと視線を移し、尋ねた。

「今、瑞希と言いましたが」

「昔、同じ弁護士事務所だったんだよ」

「たしか、うちで扱った少年事件の民事訴訟を」

「はい」と青山は駒沢義男にうなずく。

坂間も思い出した。五千万円を強奪し、ばら撒いた少年事件で、事故原因を隠ぺいした東京ドリームランドに対してみちおの弁護士仲間が損害賠償請求を起こしてくれた。

彼女がそうだったのか……。

「それ、もう片づきます。当然勝訴」

「なんでマネー大好き瑞希が再審請求を？」

「そろそろ人権派の一面も見せておかないと」

みちおが疑わしげにじっと見つめる。

「心読まないでよ。みちおの悪いクセだよ」

打ち解けたふたりのやりとりを見ていた浜谷が石倉にささやく。

「なに、あのいい感じ」

「絵になるな」

「下の名前で呼び合ってるし、まぁそういうことですよ」と訳知り顔でうなずく川添に、
すぐさま糸子がツッコむ。

「はい、セクハラ」

わき上がってくる複雑な感情に坂間が戸惑っていると、青山がぐいぐいとみちおに迫っていく。

「とにかく会いたかった。もう寂しくて、寂しくて……」

困ったようにみちおは青山から顔をそむける。


夕方、愛犬みちこを連れたみちおと石倉が河原の土手を上がっていく。ベンチには坂間と青山が待っていた。みちおがリードを離した途端、みちこはふたりに向かって一目散に駆け出した。

坂間が立ち上がって両手を広げるが、みちこが飛び込んでいったのは隣の青山の腕のなかだった。

「会いたかったよ、みちこ。ていうか、デカッ。大きくなりすぎ」

破顔してみちこを抱きしめる青山にみちおが目を細める。その様子をじっと見つめる坂間に、石倉が言った。

「みちこの元飼い主、青山さんなんですよ。引っ越しで飼えなくなって、みちおさんが譲(ゆず)り受けたんです。それで僕んちに」

みちおと青山は一緒にみちこと遊びはじめる。その姿は仲むつまじい夫婦のようにも見える。

「やっぱりふたりは、恋人的な――」

「恋人的な関係はないと思います」と坂間が石倉をさえぎった。「再審の弁護を青山さんが考えていたことなど、入間さんは状況を把握していなかった」

「なにか気にしています？」

「は？　なぜ私が気にしなければいけないんですか」

「いや、ちょっと不機嫌な感じだし」

「どこがどう不機嫌だと言うんですか」とどう見ても不機嫌そうに坂間が迫る。「明確に答えてください」

ふたりが言い合っていると青山のスマホが鳴った。

「仁科さんから」とみちおに言い、青山は電話に出た。「はい。……そうですか……わかりました。詳細はのちほど」

電話を切り、自分に注目する三人に青山は言った。

「仁科由貴さんが再審請求を決めた」

「！……」

坂間が青山に尋ねる。「彼女をどうやって説得したんですか」

「説得なんかしてないわよ。あなたが感情に訴えてくれたから、私は補足で現実を伝えただけ」

「え……」

「国税庁ＯＢによる脱税事件——検察はなぜかそれを隠そうとしていた。必ず十二年前の事件が持ち出される。詮索されて学校にマスコミが集まってくる。逃げ切れないことは経験でわかってるはず——」

「だったら戦う姿勢を見せたほうがいい」とみちおがあとを引きとる。「守りたいものを守れる——と」

「そう」と青山がうなずいた。

「再審請求は『開かずの扉』ですよ」

懸念する坂間に青山が言った。

「先手を打つ」

数日後、青山は弁護士会館の会議室に司法記者クラブの記者たちを集め、会見を開いた。青山の隣には由貴の姿もある。

一同をゆっくりと見回し、青山は切り出した。

「みなさん、オオカミは人を襲うと思いますか」

意表を突いた問いに記者たちがポカンとするなか、青山は続ける。

「私の知り合いが甥っ子に聞かれたそうです。オオカミは人を襲う——そう答えたら怒られたそうです。それはオオカミ冤罪だと。人を襲うと思われているのには、童話『赤ずきんちゃん』や『三匹のこぶた』の影響が強いんです。本来、オオカミは警戒心が強く、滅多に人前に現れたりしません。人を襲うとしたら、自分の身や家族が危険にさらされたときです。……なぜ、私がこんなことを話していると思います?」

ひと呼吸置き、青山はふたたび記者たちを見回した。

「冤罪を晴らすには、染みついたイメージを払拭する必要があるからです」

由貴は熱弁する青山の横顔を見つめている。

「『開かずの扉』と言われている再審請求では、要求が認められるのは年に一件あるかないか。再審は通常非公開で行われます。しかし今回の再審請求について、我々は弁護側は公開での審理を求めます。審理の過程が正しいのかどうか、多くの人が知るべきです。もしそれを拒否するようであれば、正当な理由を求めます」

青山の主張は、記者たちのペンを通してすぐに公のものとなった。

再審請求を受け、高等裁判所の岩隈正裁判長はそれを認め、再審開始決定を下した。

「無実を訴える被告人、その家族の人権保護が何より大事である。『開かずの扉』であってはいけない。『救済の扉』でなくてはいけない――」

次席検事の中森はネット記事に書かれた岩隈のコメントを読み、スマホをしまった。

「重い言葉だな」

井出と城島が中森にうなずく。

「しかし拒否だ」

「！」

「即時抗告。開かずの扉は開かない」

「検察が再審を認めないとなると――」

反論しようとする井出を検事の小宮山がさえぎった。

「検察バッシングが起こるだろうな」

「で、それでなにが変わる？」

中森の言葉に、井出と城島は「えっ」となる。

「いつだって国民が怒っているのは最初だけ。そして、いつの日か忘れる。忘れるのが得意なのがこの国の人間だ」

「……」

「期限の三日以内に即時抗告申立書を出しておくように」

小宮山がふたりに告げ、中森と一緒に会議室を出ていく。

怒りで握った拳（こぶし）を震（ふる）わせる井出に城島が言った。

「この件は忘れろ」

「忘れられるんですか」

「申立書は俺が出しておく」


三日後。

深夜の刑事部になぜか一同が勢ぞろいし、時計の針を凝視している。一秒ごとに針が文字盤の頂点へと近づき、やがて短針と長針と秒針が一つに重なった。

「二十四時回った！」と糸子が叫ぶ。

「即時抗告なかった。開いちゃいましたよ、開かずの扉」

「書記官人生初めて」と川添が涙ぐむ。

さあ、忙しくなるぞと書記官チームが盛り上がるなか、石倉がみちおを振り向いた。

「十二年前の事件の真実がわかるかもしれませんね」

「……」

「同時に……日高さんの判決が間違っていたことも明らかになるかもしれない」

複雑な坂間の胸中を察し、慌てて石倉は表情を引きしめる。

「あ、いや、全力で頑張りましょう」

「それにしても、どれだけ世間から叩かれようと、検察は拒否すると思ってたんですが」

皆にそう言いながら、駒沢は司法修習生同期の顔を思い浮かべる。

その男に、心のなかで頭を下げた。


翌朝、開かずの扉を開いた張本人は、中森と小宮山に向かってしれーっと言った。

「いや、ホントすみません。中立書出すの、私が忘れたんです。娘の進路のことでバタバタしちゃってて――」

皆まで聞かず、小宮山は城島の胸倉をつかんだ。

「なにをやったかわかってるんですか！」

「わかってるよ」と城島は小宮山の手を引きはがす。

隣で井出が心配そうに様子をうかがっている。

「何を隠したいのか知らない。でもな、俺はそんなもん守るために検察官になったんじゃない。人が死んでんだよ。もうひとりの俺が逃げるなって、俺にチキンコールするんだよ！　だから忘れたんだよ、お前らの戯言（たわごと）」

城島の啖呵（たんか）が井出の心に響いていく。

理解できないと小さく首を振り、中森が言った。

「先輩、こんなことしてどうなるか――」

「飛ばせ。好きなところに」

静寂に包まれた法廷の傍聴席に、ひとり坂間が座っている。

通い慣れた場所なのに、視点が違うと全然違う場所に思える。

坂間はいつも自分が座っている裁判長席を見上げた。

真実を知るのは被告人のみ。裁判官もまた裁かれている――。

「誰もいない法廷は妙に心が落ち着く」

背後からの声に坂間はハッと振り向いた。日高が入ってきて、同じ列の席に座った。

「私もそうよ」

「……」

「聞いた。今度の再審公判の裁判長、入間君だってね」

「はい……」

「適任とは言えない。中立性の面から言っても」

「私は……そうは思いません」

ふたりの間に沈黙が降りる。

「日高さん、私は今でもあなたが憧れであり、目標です」

坂間の強い視線を感じながら、日高は言った。

「あの判決は正しかった。ちゃんと見極めなさい。なにが真実なのか」

「……」

*

再審第一回公判——。

法廷に入った智花が大きなお腹をかばいながら傍聴席の通路を行く。空いていた席に着こうとしたとき、隣の女性が被告人の妹だということに気がついた。

「仁科由貴さんですよね」

「はい」

「真鍋伸の妻です」

由貴は思わず智花のお腹に目をやった。この事件の裏側に潜んでいた脱税事件を探っている最中で何者かに命を奪われた新聞記者が、たしかそんな名前だった。

自分の夫がなぜ死ななければならなかったのか――彼女もその理由を知りたいのだ。

視線を交わし合うふたりを、離れた席から城島が見ている。

みちお、駒沢、坂間の三人が入廷し、「起立」と石倉が号令をかける。

皆が着席すると、みちおが口を開いた。

「開廷に先立ってお話ししておきたいことがあります。かつて私はこの事件の弁護人を務めました。私が裁判長を務めることに対して、中立性から疑念を持つ人が多いと思います。ただ私が信頼する裁判官から、だからこそ正しい裁判をやるべきだと言われました。もし私の言動に疑念を抱いたら、弁護人、検察官、異議を唱えてください」

青山と井出が同時にうなずき、小宮山は不敵な笑みを浮かべる。

「それでは開廷します」

井出の冒頭陳述から、十二年目の真実への旅は幕を開けた。

「被告人・仁科壮介さんは、大手電機メーカー『東丸電機』の研究員でした。彼は経営の見直しから研究部門の解体を決めた経営戦略部の部長・布施元治さんとの間にトラブルを抱えていました。事件当日、工場の倉庫でふたりは会い、口論から被告人は工具で相手を殴りつけて殺害。取り調べで一度は罪を認めたものの、裁判で一転無罪を主張。現場に来たときは、すでに布施さんは亡くなっていたと。しかし被告人の主張は採用できないと、無期懲役の有罪判決が下されました」

井出が着席し、みちおが青山に振った。

「弁護人、被告人の主張を話してください」

「はい。まず自白に関しては、現次長検事・中森雅和氏の強引な取り調べによるものだと。そして現場から立ち去った人物を見たと被告人は主張しています。四十代後半、中肉中背の男性です。当時、弁護人だった入間さんが徹底的に調べて、こちらを手に入れました」

青山の指示でモニターに映像が流れる。

「ドライブレコーダーには該当者らしき人物が映っています。画像が悪く、明確な照合は不可能ですが、ある人物の可能性が浮かび上がりました。最近、法人税法違反で逮捕されたオメガ会計事務所所長・志摩総一郎氏です。当時は国税庁の人間で、被害者とまるで接点がないと証人尋問さえ認められませんでした。しかし彼は大規模な脱税に関与し、殺された布施さんはそれに気づいていた。ふたりには接点があった可能性があります。その事実を検察は隠ぺいしようとしていた疑惑がある」

「異議あり！」と小宮山が立ち上がった。「弁護人の発言は根拠のない憶測です」

「異議を認めます。弁護人、憶測の発言は控えてください。今はなにをもって仁科さんが有罪となり、なにをもってそこに疑わしい点が出たのか明確にする必要があります」

坂間はチラと入間をうかがい、安堵する。冷静だ。入間みちお――。

「そもそも疑わしきは罰せずの原則から言って、すでに仁科壮介さんを有罪とする理由はないと考えます」

青山の発言に法廷はざわめく。

「私からもよろしいですか」と駒沢が青山へと顔を向ける。「疑わしきは罰せず――それで仁科さんの疑惑は晴れたのでしょうか」

「……」

「冤罪を生み出してはいけないのは当然です。同時に真犯人を逃がしてはいけない。法廷は真実を明らかにできるかどうかの最後の砦です」

刑事裁判官ひと筋三十年超の駒沢の決意表明を受け、みちおが宣言する。

「この再審公判で我々には使命があります。仁科壮介さんは無実を訴えて命を絶った。

遺族はこの十年以上、どれだけ苦しんできたか。もし万が一、かつての裁判に誤りがあったら、それをまぎれもない真実をもって正すこと。司法が犯した間違いを正せるのは、司法によってのみです」

坂間は深くうなずいた。その通りだ、入間みちお。

「当時の証拠および証言、あらためて再検証したいと思います」

書記官席で感慨深げに石倉がつぶやく。「この日が来るって信じてた」

「再審であっても来ちゃうのね」と川添が達観したようにつぶやく。

みちおは席を立ち、告げた。

「職権を発動します。裁判所主導で捜査を行います」

傍聴席の「みちおを見守る会」の面々のペンが激しく動きはじめる。

『みちお、熱い思いを秘めて、冷静に職権発動！』『みちお&イチケイ、闇に光を。ファイト！』

公判を終えた一同が打ち合わせのため合議室へと向かっている。

「検証は必要ない。なにを再検証すると言うんです！」と歩きながら小宮山が興奮気味に裁判官チームに食ってかかる。

「志摩総一郎氏については当然――」

「事件当時、元奥さんの証言からアリバイがあったことがわかってる」と小宮山が坂間をさえぎる。

「そのアリバイについても再検証を」

合議室に入りながら、坂間が言う。

「しかし――」

「これは再審裁判です。やれることは全部やりましょう」

ピシャリと小宮山に告げ、坂間は席に着いた。

「坂間さん、前のめりだね」とみちおがニヤニヤ顔を向けてくる。

「はい?」

「可愛い。ギュッとしたい」と青山も微笑む。

「はい??」

「気持ちないまぜな感じで」

「可愛い点には異議なし」と石倉まで加わってきた。

「真実は解明したい。でも日高さんは信じたい」

「その狭間で、猪突猛進」

みちおと青山から交互にイジられ、坂間は言った。

「ふたりで私の心を読まないでください」

「……なんなんだ、いったい」あきれる小宮山に川添が言った。

「いつもこんな感じです」

「はい」と駒沢が声を発し、「やるべきことをまとめましょう」と空気を変えた。

「志摩総一郎氏の当時のアリバイの信憑(しんぴょう)性。それと証拠物の再鑑定」

「あともう一つ」と駒沢が坂間につけ足す。「当時の審理に関わった裁判官、書記官から話を聞きたいと思います。私は審理の途中で加わりました。私の意見に日高さんは聞く耳を持たなかった。なにがあったのか、誰も口をつぐんで答えてくれなかった」

「つまり……なにかを知っている」

「ええ」と駒沢が井出にうなずく。

みちおが一同を見回し、言った。

「よし。じゃあそれぞれ、やるべきことをやるとしますか」


翌日、一行は所在尋問をすべく、志摩の元妻の飯田加奈子(いいだかなこ)が経営するブランドショップを訪れた。高級ブランドが立ち並ぶメインストリートからは外れてはいるが、裏通りでもショッピングを楽しむ人たちの姿はかなりある。しかし肝心のそのショップは、この街にふさわしいゴージャスな店構えだが、店内は閑散としていた。

店の奥の応接コーナーで皆と向き合うと、加奈子は迷惑そうに言った。

「長い間、あの人、脱税に関与してたんでしょ。別れて正解よね」

「十二年前の事件についておうかがいします」と坂間が資料を確認しながら話を進める。

「事件が起こった時刻、志摩総一郎氏は自宅にいたと主張。しかし当初、あなたは別の証言をしたんですよね。夫が恐ろしい顔をして、夜遅くに戻ってきた。手に血がついているように見えた――と」

微笑む加奈子に青山が確認する。「それは偽証だった」

「あの人、若い女に入れあげてたのよ」

「夫婦仲は最悪。逮捕されたら財産をすべて手に入れるって、周囲に漏らしていたことがわかった。夫をハメてやると」

「もういいでしょ。あの人は本当は家にいた。もう終わったことよ」

「いえ、詳細に検討します」と坂間がなおも追及しようとしたところで、「あの、一ついいですか」と立って話を聞いていたみちおが割って入った。

「このジャケットいいですよね」と飾られているマネキンに手を伸ばす。

「なんの話してるんですか」と怪訝そうに尋ねる坂間に、みちおが言った。

「閑話休題でファッションの話」

「は？」

「新作なんですよ」と加奈子はうれしそうに答える。「お目が高いわ」

「へえ。試着していいですか」

「はい？」


尋問を終え、店を出たみちおが「どう？」と買ったジャケットを坂間に見せる。

「なにショッピングしてるんですか!?」

短絡的な坂間とは違い、青山はみちおに狙いを尋ねた。

「なにか気づいたのよね」

「え……」

「志摩総一郎、岸田の窃盗事件で傍聴に来てたとき、これを着てたんだよね」

「!?」

「プライベートブランドで新作でしょ。夫婦仲は最悪のはずだよね」

「つまり……家族のアリバイには信憑性はなく証拠にならない。でも、あえて犯人だという証言をして、それが偽証だとわかるようにストーリーを用意した」と坂間がみちおの推測を読み解いてみせる。

「で、ダメ押しで離婚」

「証言の信憑性が一気に高まる」と青山がうなずく。

「でも、犯罪に加担してまで守ろうとするほど強い愛情があったんでしょうか」

純朴な石倉らしい疑問に、みちおが答える。

「愛情だけでつながっているとはかぎらないでしょ」

「マネーね」

「そう」とみちおが青山にうなずく。「客入り全然な感じなのに、店豪華だよね。今もふたりがつながっているのは、お金かもね」

一同の意見が夫婦のアリバイ証言が共謀による虚偽へと傾きかけるのを感じ、小宮山が慌てて言った。

「とにかく、すべて憶測の域を——」

「出てみせる」と青山がさえぎった。

「それで法廷に呼ぼう、彼女を」

力強いみちおの言葉に、小宮山以外の全員がうなずいた。

駒沢の指示で川添ら書記官たちが当時の裁判所関係者を当たったが、全滅だった。誰も尋問に応じてはくれなかったのだ。意気消沈する駒沢に、糸子が言った。

「しょんぼり部長、まだ手はありますよ」

「え……」

「ひとり、連絡のつかない人が」と川添がメモを確認する。「元書記官の友坂良一」

「ああ。友坂さんは私が赴任した直後に書記官を辞めたんです」

「今は栃木でイチゴ園をやっているとか」と浜谷が補足する。「司法から離れた人なら証言を頼めるかも。私と糸ちゃんで会って話してきます」

「お願いします」

そこに井出が民間科捜研の研究員を連れて入ってきた。

「ドライブレコーダーの再鑑定の結果が出ました」と井出が資料を駒沢に渡す。「結論から言うと、新たな発見はありませんでした」

「ドライブレコーダーに映った人物の解析は？」

これ以上精度を上げるのは困難だと研究員が説明する。

「ただ、一つ突破口が見つかりました。不鮮明な映像であっても、ある方法で個人を特定し得る。歩容(ほよう)認証――歩き方です」

そう言って井出は研究員をうながす。研究員はパソコンを開き、説明を始めた。


最高裁判所の食堂で、日高が昼食をとっている。トレイに載っているのはさば味噌煮込み定食。日高の好きなメニューの一つだ。

箸をつけようとしたとき、「日高さん」と背後から声をかけられた。振り向くと、トレイを手にした中森が立っていた。

「次期最高裁長官にしては庶民的なランチですね」

「ここのさば味噌は最高ですよ」

中森は微笑み、隣のテーブルに座った。

「騒がしくて仕方ないですね、入間みちおは」

「正義は複雑だってこと、わかっていないのよ」

「あなたなら潰(つぶ)せるでしょう」と中森はこともなげに言った。「上りつめた階段、落ちるのは一瞬ですよ」

鼻白(はなじろ)む思いを隠し、日高は答える。

「そうね」

＊

再審第二回公判――。

再捜査の結果を踏まえ、いきなり青山が攻勢をかける。

「志摩総一郎氏のアリバイに関して疑わしい点が出てきました。証言した元奥さんの飯田加奈子さん――彼女の店は個人資産から経営補塡がされていますが、そのお金の出どころが不透明です。志摩総一郎氏から金銭の補助を受けている可能性が――」

「異議あり！」とすぐに小宮山が割って入る。「憶測の発言です」

「本人に出廷を求めた途端、買いつけという名目で日本からいなくなったんですよ」

そう言って、青山は挑発するように小宮山へと視線を向けた。

「検察はなにか心当たりがあるんじゃないですか」

「異議あり！　検察を不当に中傷する発言です」

「異議を認めます。ただし、飯田加奈子さんの行為は証言を拒む態度としても受けとれます。そこで、彼女の会社の財務資料の提出命令を行います」

小宮山は不服そうに口を曲げる。

「次に再鑑についてですが」と駒沢が話しはじめる。「ドライブレコーダーに映った人物を歩き方で特定できる可能性が出てきました」

「ただ十二年という月日が経っていますし、年齢も大きく変わったため識別が困難です」と青山があとを引きとり、続ける。「そこで志摩総一郎氏に歩き方がわかる映像を提出してもらいましょう」

確実に真実に近づいている……と坂間が心のなかで拳を握ったとき、「裁判長、よろしいでしょうか」と小宮山が発言を求めた。

「どうぞ」

「入間裁判長、駒沢裁判官、坂間裁判官をこの公判から排除する申し立てを行います」

「!?」

「志摩総一郎氏を疑ってかかり、裁判の公正を妨げる恐れがあると判断しました。裁判官に対しての忌避申し立てを行います」

小宮山が落としたとんでもない爆弾に、法廷は騒然となった。

法廷を出た坂間は、すぐに小宮山に食ってかかった。

「却下します！　刑事訴訟法二十四条により忌避申し立ては、この合議体の判断で却下できます」

「では上と対応を協議します」

そう言うや、小宮山は去っていく。複雑な表情で井出もそのあとに続いた。

合議室に入ると、駒沢は言った。

「こちらが却下するのはわかっていたはずですよね」

「え……」

「これはあらかじめ用意していたストーリーだよ」とみちおが坂間に説明する。「検察は高裁に即時抗告する。そして高裁は棄却せず、忌避申し立てについて審理し直しを命令してくるよ。日高さんの意向を受けて」

「そこまでする？」

半信半疑の青山に、みちおは言い切った。

「そこまでする闇なんだよ」

その言葉に、坂間はあらためて自分に覚悟を問う。

尊敬する日高を敵に回し、私は自分の信じる裁判官の道――ただひたすらに真実を追求すること――それを貫くことができるだろうか……。

「遅かれ早かれ、僕たちは強制的にこの裁判から外される」

迷うな！　自分を叱咤し、坂間は言った。

「時間がない。急ぎましょう」

そのとき、川添の懐でスマホが震えた。「失礼」と断り、川添は電話に出る。

「え、部長を呼べって？」

スマホを耳に当てながら川添は駒沢に告げる。

「元書記官の友坂良一さんです」


翌日、駒沢は川添とともに友坂のイチゴ園を訪れた。前日から現地にいた浜谷と糸子がふたりを案内する。

ビニールハウスで作業しながら、友坂は駒沢に向かって話しはじめる。

「この世の中で私がもっとも嫌いな人種は刑事裁判官だ。冤罪事件の九割は裁判官のせいだと思っています」

「過激だな……」と思わず川添がつぶやく。

気にせず友坂は続けた。「上層部の意向に反した判決を下した裁判官は出世の道を閉ざされる。これが冤罪の温床ですよ。裁判官はただのサラリーマン。だから上ににらまれることなく賢くやっていきたいというヒラメ裁判官ばかりだ。違いますか」

「……おっしゃる通りだと思います」

「駒沢さん、あなたは裁く側にいた。仁科壮介さんが命を絶ったこと――それはあなたにも責任がある」

「でも部長は真実を追求しようと――」

思わず口をはさんだ浜谷をさえぎり、駒沢は言った。

「私に責任があります。合議の守秘義務に反することはわかっていますが、あの判決は多数決で決まった。どうして止められなかったのか……悔やんでも悔やみ切れない。私になにができるのか、ずっと考えて裁判官の仕事に向き合ってきました。一歩、いや半歩でいい。この再審裁判で、私なりに微力であってもこの国の司法を裁く覚悟です」

頭を下げる駒沢に、しかし友坂はきっぱりと告げた。

「……言いたいことは言った。証言は断ります」

駒沢はなおも頭を下げつづける。川添が頭を下げ、浜谷と糸子も続く。

「……」

合議室へと向かう坂間に追いついた石倉が、申し訳なさそうに言った。

「十二年前の歩き方の映像、志摩総一郎氏が見当たらないと」

「期間に幅を広げて申請を」

「元奥さんの会社の財務資料も提出拒否です」

「では、何度でも提出命令を」

「え……」

「提出しないこと自体、裁判で判断材料になります」

そこに青山が合流した。

「想定外の早さだった。月末までに高裁が忌避申し立ての差し戻しをするそうよ」

愕然となる坂間に石倉がつぶやく。「一週間後の公判が最後……」

合議室に入るや、坂間は青山に尋ねた。

「間違いなく日高さんが高裁に働きかけたんですね」

「坂間さんの知らない一面があるんじゃない？」

「……」

「坂間さんはさ、日高さんのどこに憧れたの？　肩書とかじゃないでしょ」

坂間は口を閉じたままだ。

「え、肩書？」

「今の肩書をつかむために、日高さんは裁判官に求められるあるべき姿を実践してきた。

誰よりも――。地道な努力を私は知っています」

「坂間さんってさ、どことなく日高さんに似てるね」

思わず坂間は顔をほころばせる。

「それとみちおにも」

「は？」

「似てるっていうか、裁判官として惹かれて、みちお化してるって感じ」

そこに、「なんの話？」とみちおが顔を出した。

「日高さん＋みちお＝坂間さんって話」

「その数式成り立ちませんよね」

「はは」と笑い、みちおは言った。「石倉君から聞いたよ」

「次が最後の公判だよ」と青山があらためて告げる。

「次が最後なら法廷に呼びたい人間がいる。次長検事の中森雅和」

「!?」

「それともうひとり、呼ぶべき人間がいると思わない？　坂間さん」

もちろん、それが誰なのかはわかっている。坂間は無言でみちおにうなずいた。

「私を法廷に……？」

最高裁判所のホール。司法の公正さを象徴する正義の女神テミス像の前で、みちおと坂間が日高と向き合っている。

「本気で言ってるの？」

「大騒ぎになるでしょうね」と軽い口調でみちおが返す。しかし、その目は真剣だ。

「真実を見極めなさいと言ったのは、日高さんです。出廷してください」

坂間は強く真っすぐ日高を見つめた。

「……」

「用意してきました。はい、勾引状（こういんじょう）」とみちおが懐から出した紙を広げる。

「これは、あなたの進退にも関わることなのよ」

みちおは襟（えり）のバッジに手をやり、言った。

「このバッジ一つで真実が明らかになるなら、安いもんですよ」

ニコッと笑い、みちおは踵（きびす）を返す。

「……法廷でお待ちしています」

深く頭を下げると、坂間はみちおを追って日高の前から去っていく。

その頃、井出はバッティングセンターで快音を響かせていた。ケージの外から城島が声をかける。

「俺は反対だ。あんなもん法廷に出してみろ。お前まで一生冷や飯食らうぞ。ていうか玉砕だよ、玉砕！」

井出は城島に応えることなくバットを振りつづける。小気味のいい音とともに鋭い打球が右へ左へと飛んでいく。

一週間後。

裁判所の前には朝から大勢の報道陣が集まっていた。異例とも言える公開での再審裁判に加え、現役の最高裁判所長官と次長検事が証言台に立つのだ。

カメラを前に視聴者をあおるように興奮気味にリポートする記者の背後を、弁当屋のコスプレをしたみちおと坂間、そして傍聴人の格好をした駒沢が通りすぎ、コソコソと裁判所へと入っていく。

時間となり、三人は刑事部を出た。

何色にも染まらないカラスのような黒い法服を身にまとった三人が、法廷へと向かう。

*

再審第三回公判――。

「では第三回審理を始めます」

みちおが開廷を告げ、青山が立ち上がった。モニターにドライブレコーダーの映像を流しながら、話しはじめる。

「志摩総一郎氏から過去の歩き方がわかる映像データの提出がありませんでした」

青山はモニターの映像を切り替える。今度は志摩が東京拘置所に送られる際のニュース映像が流れた。

「そこで先日のニュースの映像を用いて鑑定した結果、七〇%前後の割合で整合性があることがわかりました」

「異議あり！」と小宮山が声を発した。「整合性が不十分であり、関連性がありません」

「異議を認めます。証拠としては採用しません」

正しい判断――と坂間もみちおにうなずく。

「次に元奥さんの証言の信憑性についてです」

ふたたび青山が話しはじめる。「本人が証人尋問に応じないこと、さらに裁判所の提出命令にも一向に応じません。これは明らかに志摩総一郎氏と金銭でつながっていることを隠ぺいしようとしていると思われます」

「異議あり！　本人の証言を得ていない憶測です」

しかし、みちおは小宮山の異議を却下した。

「当裁判所はすべての証拠を総合的に判断し、飯田加奈子さんの証言は偽証であると認定します」

大胆な裁判長の判断に、法廷に緊張が走る。

「では証人尋問に移りましょう。中森雅和さん、入廷してください」

証言台に立った中森に、青山は率直に尋ねた。

「当時、志摩総一郎氏は国税庁の人間でありながら、裏で大規模な脱税に関与していた。そのことを検察は知った上で守ろうとしたのではないのですか」

こらえ切れないとでもいうように中森は笑い出す。

「おかしいでしょうか」

「失礼。あまりにも戯言で。もしそのような証拠があるなら提示してもらいたい」

ふいに井出が声を発した。

「裁判長。ここで提出したい証拠があります」

隣で小宮山が顔色を変える。

「おい、どういうことだ？」

「中森検事が国税庁をなぜ守ろうとしたのか判断材料となる資料です」

正気か!?……と中森は井出をにらみつける。

「事前に申請されていませんね」

「今、ご覧いただければと」

みちおの前に井出と小宮山と青山が集まり、坂間と駒沢も交え、協議を始める。

「これをもとに証人を尋問させてください」

「お前、どうなるのかわかって……」

どうにか思いとどめようとする小宮山に、井出が鋭い視線を向ける。

「城島さんと同じだ。正しいことをやるために私は検察官になった」

その強い覚悟に坂間も駒沢も圧倒される。

「わかりました。では井出検事、尋問を行ってください」

法廷で検察のナンバー3と対峙する。あり得ない状況だが不思議と井出は冷静だった。

ただ自分のなすべきことをするだけだ。

井出はゆっくりと口を開いた。

「検察の看板組織、東京地検特捜部——政治家の汚職や企業犯罪について独自の捜査を行う。その特捜にとって国税庁は、お金の流れを解明するために欠かせぬタッグパートナーのような存在」

「井出検事、何が言いたいんですか」

焦れる中森に、井出は証拠提出した資料を突き出した。

「これは特捜時代にあなたが関わった内部捜査資料です。輝かしい実績——しかし、そのすべての情報源は国税庁査察部、二係によるものです」

「……」

「彼らのほとんどが退官後、オメガ会計事務所に天下りをしている。つまり、国税庁が国税庁OBの脱税を見逃し、あなたは有益な情報を得るためにそれを——」

「黙認し」と中森が重ね、続ける。「志摩総一郎をかばったと」

「……」

「それ以上の中傷は名誉棄損で告訴する」

井出さんの捨て身の行動——でも、決定的な証拠とはいえない。

坂間が思ったように、すぐに小宮山が証拠採用に異議を申し出た。その隣で井出は真っすぐに前を見据えている。その表情には一片の悔いも見られない。

「わかっていて、一石を投じたんだ」と傍聴席で城島がつぶやく。

「異議を認めます。ただ、この疑惑は検察が明らかにする責任がありますよ」

「善処します。検察改革の一環として」

そう言って、中森はみちおに向かって微笑んだ。

「……笑ってる」と悔しそうに石倉がつぶやく。

「……グレーゾーンでフェードアウトでしょ」と川添はあきらめ顔だ。


最後の証人尋問――坂間はひざの上で両の拳を握った。

「では日高亜紀さんの尋問を行います」

日高が入廷し、証言台に立った。

「良心に従って真実を述べ、何事も隠さず、偽りを述べないことを誓います」

現役最高裁長官の法廷での宣誓――前代未聞の出来事に法廷の空気が張りつめる。

緊張をほぐすように、「私からよろしいでしょうか」と駒沢がいつもの柔らかな口調で日高に声をかけた。

「ある人物の所在尋問についてお伝えします。十二年前の事件の審理に途中まで加わっていた元書記官・友坂良一さんの証言です」

「……」

「当時、日高さんは想定される検察の求刑通りに早く審理を終わらせるように言われていた。最高裁事務総局から。日高さんは上の意向を汲んで、判決を下した――」

法廷がざわめくなか、日高は落ち着いた口調で言った。

「その証言は……偽証ですね」

「!?」

「友坂さんのことを詳細に調べたでしょうか。もともと彼は裁判官になりたかった。でもそれが叶わず、やたらと裁判官を敵視する傾向にあった。私を含めて、トラブルを多く起こしていた人物です。最高裁事務総局が指示したと言いますが、具体的に誰が指示したんですか。そのような事実は一切ございません。同じ裁判官として忠告します。明確な証拠に基づき、審理を行ってください」

駒沢は反論することなく、その口を閉じた。

みちおが言った。

「裁判所主導の捜査で知り得たことは以上になります」

緊迫していた法廷の空気が一気に弛緩していく。

「みちおを見守る会」の面々のペンが力なく動きはじめる。

『みちお、イチケイ、敗北！』『相手が悪すぎた』

「最後に私からよろしいでしょうか」

みちおは法壇を降り、日高に対峙した。

「あなたはかつて検察の申し出を受け入れ、志摩総一郎さんの証人尋問を頑なに認めなかった。もし証人尋問を行っていれば、真実が明らかになったかもしれない。少なくとも疑わしきは罰せずの観点からも、無期懲役の判決を下すことはなかった。仁科さんが無罪を訴え、命を絶つことはなかったんじゃないでしょうか」

「……」

「そして、記者の真鍋伸さんが命を落とすこともなかったのではないでしょうか」

「……」

「仁科壮介さん、真鍋伸さんは司法によって殺された。司法の犠牲者――奪ったのは命だけじゃない。苦しみを、痛みを、憤りを想像してみてください。ご遺族の……」

「……」

「法に携わる者として、宣誓通り良心に従い、最後に答えてください」

みちおは日高の目を真っすぐ見つめ、尋ねた。

「あなたは、上に忖度をして判決を下しましたか?」

お願い、日高さん。お願い、真実を――。心のなかで祈りながら、坂間は日高を見つめる。

日高は迷いのない瞳を、みちおへと向けた。

「私は……誰にも忖度などしておりません。証拠をもって、正しい判決を下した」

「……」

「今回の審理、手続きの公平性から見ても、裁判官の立場を逸脱している。検察が忌避申し立てを行うのも当然です」

日高は断罪するようにみちおに告げた。

「失格です。あなたは裁判官失格です」

*

高級ホテル最上階のレストランの個室で、東京の夜景を眺めながら中森が得意げに語っている。

「大物政治家の汚職を告発するかどうか、大企業の不正を明るみに出すか見逃すか――

国益に関わることはさまざまな角度から議論し、決めてきた。今回の件もこれ以上明るみに出ると国益に関わる」

「正義は複雑」

ワイングラスを片手にうなずく日高に、中森が微笑む。

「その通りです」

「ただ私は、その詳細を知ることを避けてきた。話せる範囲でいい。真実を聞かせておいてほしい」

「いいでしょう。十二年前の真犯人は——」


「十二年前の真犯人は、志摩総一郎だ」

記者会見場に設置されたスピーカーから流れてきた中森次席検事の声に、集まったマスコミは騒然となる。会見場の後方には、みちお、坂間、駒沢、青山の姿もある。

壇上の日高がボイスレコーダーの再生を止め、話しはじめた。

「東丸電機殺人事件の被害者の布施元治さんは仁科壮介さんと会う前、知り得た脱税の事実を本人にぶつけるために志摩総一郎に会った。口論から布施さんを殺害したのは、志摩総一郎。そして二か月前の真鍋伸さんが殺害された事件——記者の真鍋さんがつかんだ事実を志摩総一郎に突きつけ、口論から同じように事件が起きた。中森検事は以上のことを上から伝え聞いたと。それが誰からの指示か現時点ではわかっておりません」

次席検事のさらに上……その闇の深さにみちおたちは暗澹たる気持ちになる。

「そして私は、その上に行きたいという理由だけで、忖度して判決を出した。仁科壮介さんが自殺をしたとき、周りから私は間違っていないと言われた。それを信じようとした。でも今回、真鍋さんの事件が起きたとき、認めざるを得なかった。私が真実から目を背けたからだと……」

自らの過ちを受け入れ、すっきりした表情で日高は言った。

「裁判官の職を辞し、罰を受けるべきだと決意しました。裁判官失格なのは、私です」

「……」

「今回の録音は相手の同意を得ておらず、証拠になるかどうかわかりません。ただ、司法に関わるほとんどの人間が誇りを持って職務を全うしている。志のある者が動くこと信じています」

深々と頭を下げる日高に向かって一斉にフラッシュが焚かれる。

記者たちの質問が飛び交うなか、みちおがボソッと言った。

「踏み絵だったんだよ」

「え……」と坂間がみちおを見る。

「上に従順な振りをして、裁判でも一蹴した」

「すべては中森検事から真実を引き出すために……」

「最高裁長官の夢を捨ててでも、真実を明らかにしたんだ」

みちおにうなずきながら、駒沢は嗚咽を押さえ切れない。

「あれ、部長？……なに泣きですか」

「真実によって救われる人がいる。心のなかで泣いている入間君の分まで泣いているんですよ」

ふたり分、しかも十二年分の涙なんだから、そうそう止まるはずないでしょう。

ハンカチで目を覆い、泣きつづける駒沢に、みちおは微笑んだ。


会見を終えた日高が廊下に出ると、坂間が待っていた。

「日高さん……」

「そんな泣きそうな顔せんと」

やっぱり、日高さんは私が尊敬する裁判官だった。

日本の司法のトップにいるべき人だった。それなのに……。

あふれる思いを懸命にこらえる坂間に、日高は言った。

「私ば軽蔑しなさい。私のごとなったらいけん。きれいごと、歯ば食いしばって実現させんね」

「はい……」

そこにみちおがやってきた。手のひらに載せた白いカラスの置物を日高に差し出す。

「なに、これ」

「三重県のふるさと納税でもらったもの、あげます」

「白いカラス?」

「まれにいるみたいですよ。いい意味で言えば『たぐいまれなる人物』。悪い意味で言えば『はぐれ者』——」

「いらない」

「いや、もらってくださいよ。わざわざ持ってきたんですから」

仕方なく受けとり、日高はみちおに言った。

「終わってないわよ」

みちおの表情が引きしまる。

「伝聞伝言伝達——もはやどこか定かじゃない『上』。いつかあなたたちが対決する日が来るかもね」

そう言い残し、日高は背を向け、歩き出す。

託された重い責任を感じながら、ふたりは日高を見送った。


日曜日。みちお、坂間、駒沢、青山の四人は仁科壮介の墓を訪ねた。花を手向け、ようやく真実を明らかにすることができたと墓前で報告する。

目を開け、みちおは由貴を振り向いた。

「警察の取り調べで志摩総一郎が自供しました。再審公判でお兄さんに無罪判決が出ます」

「入間さん……私、兄が亡くなったとき、あなたにひどいことずいぶんと言って――」

「真実が明らかになるのにこんなにも時間がかかってしまった」とみちおは頭を下げた。

「申し訳ございませんでした」

坂間と駒沢も由貴に向かって頭を下げる。

感極まって由貴は何も言えなくなる。感謝の思いを込め、頭を下げた。

「はい、お互いに顔上げて」

青山の声で、四人は同時に顔を上げる。と、由貴のスマホが震え、メッセージの着信を告げた。智花からだ。

「見てください」

送られてきた画像には生まれたばかりの赤ちゃんを抱く幸せそうな智花が写っており、『直輝です。しっかり育てます』というメッセージが添えられていた。

「可愛いな」

「どことなく旦那さんに似てる」

駒沢とみちおが目を細める。和やかな空気のなか、坂間が青山に尋ねた。

「青山さん、本当のところどうしてこの再審裁判を担当されたんですか」

「好きだから」と青山が意味深に微笑む。「入間みちおのことが」

「えっ」

「動揺した？」

「は？」

「じゃあみなさん、次の仕事があるからこれで」

去り際、青山は坂間の耳もとでささやく。

「やめておいたほうがいいよ、みちおだけは」

「はい？」

からかっているのか、それとも牽制（けんせい）しているのか——坂間の心を引っかき回し、青山は去っていった。

だから、なんで私が……と坂間はみちおを見る。

みちおは能天気な笑顔を坂間へと向けた。

プイと顔を背けられ、みちおは首をかしげた。

8

誰もいない法廷の裁判長席に座り、川添がギターを弾いている。哀愁漂うメロディーに乗せ、川添は歌いはじめる。

♪しぶしぶと　しぶからしぶへ　しぶめぐり
　しぶのむしにも　ごぶのたましい～

誰の作かは知らないが、出世せずに支部を転々とする裁判官の歌だ。

川添はこの歌を自分の歌のように思う。

裁判官と書記官は一蓮托生。出世はペアを組んだ裁判官次第。そして、川添は担当裁判官の引きが恐ろしく悪かった。

振り回されて溜まりに溜まったストレスは、こうして趣味のギターの弾き語りで発散するしかない。

なんともつましい書記官人生。

そんな川添の、今の切なる願いは一つ。

このままなんとか滞りなく定年を迎える。ただそれだけだ。

その夜、川添は数名の男たちに取り押さえられ、警察へと連行された――。

坂間がそばをすすりながら、店の手伝いをしている石倉相手に愚痴（ぐち）っている。

「入間みちお――私にとってはあり得ない存在です。それなのに、青山弁護士がおかしなことを言うんです。まるで私が入間さんのことを……意味がわからない」

石倉はテーブルを拭く手を止め、言った。

「……それ、どうして僕に言うんです？　僕の気持ち、わかってます？」

「石倉さんの気持ち？」

「……僕はアウトオブ眼中……」

がっくりと石倉がうなだれたとき、坂間は背後に誰かの気配を感じ振り返った。

いつの間に入店したのか、みちおが立っていた。

「いつからそこに……。え、どこから聞いてたんですか」

「アウトオブ眼中のあたり。それより今、警察から。川添さんが痴漢だって」

「えっ!?」

翌朝、出勤してきた糸子は川添の姿を見つけるなり、大きな声で言った。

「主任、昨日痴漢でパクられたんでしょ！」と川添が顔を真っ赤にして否定する。

「経緯省かないで。誤解されるでしょ！」と川添が顔を真っ赤にして否定する。

「だって入間さんから、昨日みんなにメールで」

「ちゃんと伝えてくれました？」と川添がみちおを疑わしげに見る。

「うん。痴漢で川添容疑者が警察に。で、逮捕されずに済んだって」

「容疑者って言わないで！　それに全然正確じゃない！　いいですか。帰りの電車を降りたら、ホームで泣いてる女性がいたんです。痴漢に遭ったと。足早に逃げる男がいたから、私は追いかけた。角を曲がったところで若い女性と居合わせたから逃げる男を見なかったかと尋ねたけど、見ていないと言う。そんなバカなと立ち尽くしたとき、あとから追ってきた若い男たちに痴漢と間違われて捕まっちゃったんですよ」

　みちおから連絡を受け、警察署に駆けつけた石倉と坂間が補足する。

「証拠がなく身柄は解放されたんだけど……」

「警察は限りなく川添さんがクロだと疑っているようでした」

　やっぱり……と糸子は疑惑のまなざしを川添に向ける。

「やってないからね、痴漢なんて！」

　そこに駒沢と浜谷がやってきた。二十代半ばの若者ふたりを連れている。

「いいですか主任」

「どうぞ」

「えー、みなさん、事務官から書記官になるための定期実務研修です。北九州地裁から来た前橋(まえばし)君と高松地裁から来た磯崎(いそざき)さんです」

浜谷に紹介され、前橋幸則(ゆきのり)と磯崎由衣(ゆい)が一同に挨拶する。その戸惑ったような表情を見て、川添は顔をしかめた。

「あら、その雰囲気。話聞いてたね。疑いの目だね。私ってやってそうに見えるの？」

どう答えていいかわからず口をつぐんだままのふたりを見て、みちおが言った。

「無言という名のイエス」

「ノー！」

「やっていたら懲戒(ちょうかい)免職になりますよ」と駒沢が冷静に告げる。

「まさか部長までやってると思っているんですか」

駒沢は笑みを浮かべたまま答えない。

「曖昧(あいまい)という名のイエス」

「ノー!!」

「その件はしばし休廷で」と話を終わらせ、駒沢は一同に言った。「合議制で扱いたい案件があります。書記官研修生のおふたりも立ち会ってください」

会議室に上がると、さっそく駒沢が説明を始める。

「案件は傷害事件。被告人は潮川恵子（しおかわけいこ）。三十三歳」

聞き覚えのある名前に坂間と浜谷は同時に、「えっ」と声を上げた。慌（あわ）てて起訴状を確認する。被告人だけではなく被害者の山寺史絵（やまでらふみえ）という名前にも記憶があった。

「現在、単独事件で私が審理している窃盗（せっとう）犯の被告人です」と坂間が駒沢に告げる。

「書記官は浜谷さんですよね」

「……うん」と浜谷が石倉にうなずく。

「被告人は保釈中に事件を起こしたんです」と坂間が担当事件を説明していく。「スーパーでお菓子などを万引きしているところを目撃され、店を出たところで保安員に捕まりました。潮川被告人は一年前にも万引きの前科があり、二度目の犯行でした」

「今回の傷害事件の被害者、山寺史絵さんは潮川被告人が万引きするのを見かけて、店に伝えた目撃者です」と浜谷が言い添える。

「先入観はよくないけど」と前置きし、石倉は言った。「逆恨み……？」

「つまりこれって、被告人の保釈申請を認めたの、間違ってたってことじゃないですか」

相変わらず空気を読まない糸子の指摘に、坂間と浜谷はうつむいてしまう。

「ほら、ズバッと言わないの」

川添がたしなめるが、糸子はまるで気にしない。

隣の磯崎に前橋がつぶやく。「あの子、事務官だよな」

戸惑い気味に磯崎がうなずく。

「保釈申請を認めるかどうか迷ったんですが」

「私が坂間さんに強く意見を言ったから」と浜谷が坂間をかばう。

前橋は仰天した。「裁判官に意見……って」

隣で磯崎も目を丸くしている。

しかし、ほかの面々は誰も気にしていない。

「浜谷さんなりの意見だったんでしょ」

みちおにうなずき、浜谷は言った。

「潮川被告人には六歳の娘さんがいる。旦那さんは商社マンでドイツに単身赴任(ふにん)。義理のお母さんの介護もあって、育児と介護から軽いうつ状態で服薬している」

「それでストレスから万引きを……」

糸子にうなずき、浜谷は続ける。

「被告人と話したら、娘さんを長い間預ける当てもないって。罪を認めてるし、逃亡の恐れもない。だから在宅からの審理がいいんじゃないかと」

黙って話を聞いている前橋と磯崎に向かって、みちおが言った。

「今、ここの書記官ポンコツだって思った？」

「！」

「主任はアレだし、中堅どころもコレだし」

「私のアレは冤罪だからね！」

「私のコレはミス」

素直に反省する浜谷に、坂間が言った。

「いえ、浜谷さんの意見は正しいと判断したのは私ですから」

「とにかく、前回の窃盗事件と今回の傷害事件を併合(へいごう)して審理に当たります」と駒沢がまとめ、前橋と磯崎へと顔を向ける。

「ちなみにおふたりは、なぜ書記官を目指されているんですか」

「事務官なら書記官を目指すのが普通ですよね」

「給料上がるし」

ふたりの答えに、「まあそうだね」とうなずきながら、川添は言った。

「でも、それだけじゃ続けられないよ」

「え……」

キョトンとしているふたりに、駒沢が微笑む。

「研修中になにかつかめるといいですね」

＊

併合審理第一回公判——。

書記官席の浜谷が検察官席を見ながら隣の川添に言った。

「検察、遅くないですか？」

「井出君と城島さんの後任、たしか新人だったよね」

と、法廷横の扉が開き、井出が入ってきた。

「お待たせしました」と書記官席のほうに顔を寄せた。「裁判長にお伝えください。後任の担当検事が体調を崩し、あらためて私が受け持ちます」

「新人にはキツいよね」と浜谷が同情してみせる。

「ええ。入間さんの顔見ると、振り回されることが頭をよぎり、気分が悪くなると」

「城島さんはやっぱり転属なの？」と川添が尋ねる。

「結論は出てませんが、微妙なところです。それより川添さん、痴漢でアレって聞いたんですけど」

「アレの内容、ちゃんと伝わっています？」

井出は川添から目をそらす。

「やってないからね！」

しばらくして、裁判長を務めるみちおを先頭に裁判官チームが入ってきた。研修用の書記官席に座った前橋と磯崎の表情が引きしまる。

みちおが開廷を宣言し、続いて井出が立ち上がる。

「被告人は令和三年四月十五日午後二時五十八分頃、東京都狛江市泉三丁目十八番二十一号先路上において、山寺史絵さんに対し、路上にあった石でその頭部を殴打する暴行を加えた。よって、同人に加療約一年を要する急性硬膜下血腫、軽度身体麻痺、記憶障害の傷害を負わせたものである。罪名及び罰条、傷害。刑法第二〇四条」

証言台に立つ恵子にみちおが言った。

「検察の起訴内容が事実に反するなら、被告人はそのことをはっきりと言ってください」

恵子はおもむろに口を開いた。

「四か月前、私は万引きをして逮捕されました。被害者の山寺史絵さんが万引きを見かけ、お店に伝えたからです。でも、そのことを恨んでなんかいません。山寺さんは私の小学校時代の先生です」

知らなかった事実にイチケイの面々は驚く。恵子はさらに衝撃的な告白を続ける。

「今度は私が見かけたんです。先生……山寺さんが万引きしているところを」

「!?」

「それで止めようとしたら、向こうから襲ってきたんです。私がケガを負わせたことは事実です。でも、必死で自分の身を守ろうとしただけなんです」

皆の疑問を代弁するかのように浜谷がつぶやく。

「……万引き犯が万引きを止めようとした？」

被告人が罪状を否認——普通の裁判官なら眉間にしわを寄せるところだが、みちおの場合はより慎重に審理を運べると喜ぶのだ。

また面倒なことになったと裁判官席を振り返った川添は、みちおはおろか右陪席の駒沢も左陪席の坂間も微笑んでいるのを見て、絶句した。

どうかしている、うちの裁判官！

「事件当日、スーパーで山寺さんを見かけました。彼女は周囲を気にしながら文鎮やサインペンなどをカバンに入れ、そのまま店を出ていきました。万引きを見かけて混乱しました。返却して謝れば、罪には問われないかもしれない。それで店を出て追いかけました。私が万引きを指摘すると、山寺さんは動揺して、否定しました」

今ならまだ間に合うから店に返しましょうと説得したら、史絵が暴れ出した。カバンを振り回しながら、迫ってきたのだ。突き飛ばされ、尻もちをついたが、史絵はなおも攻撃をしてくる。地面に転がっていた石をつかむと、恵子は無我夢中で応戦した。

「手にしたものがなにかもわからず思い切り振ったら、それが相手の頭に当たってしまって……」

心配する恵子に、「大丈夫」と答えると史絵は追い払うように手を振った。「盗んだものは返すから……行って」と。

「私もケガをしていて、離れたほうがいいと思って、その場から立ち去りました」

恵子の証言を弁護人の堤悠人（つつみゆうと）が補足する。

「この件を被告人は取り調べの段階から主張していましたが、虚偽の発言だと取り上げてもらえませんでした」

「検察官、反対尋問（じんもん）を」

みちおにうながされ、井出が立ち上がる。

「捜査担当検事の調べでは、被害者が万引きをしたという証拠は一切ありませんでした。事件直後、被害者は夫である市議会議員の山寺信吾さんに助けを求めて、電話をかけている。彼は妻から、逆恨みで元教え子に襲われたと聞かされた。十分後、夫が現場に駆けつけると、史絵さんの意識はなかった。病院に緊急搬送。一命を取りとめたものの、軽度の麻痺が残り、事件のことも覚えていない」

浜谷がボソッとつぶやく。「どっちかが嘘をついている……」

「被告人か被害者か」と川添が証言台の恵子をうかがう。

「裁判所からもよろしいでしょうか」と駒沢が恵子に尋ねた。「立ち去るとき、相手のケガのことが気にならなかったんですか」

「……大したケガではないように見えて……。なにより、私にいてほしくないんじゃないかと思ったんです。私の元先生です。万引きしたことや私に襲いかかったことを恥ずかしいと思っている気がして……」

みちおがあらためて恵子に尋ねた。

「あなたは二度目の万引きで審理中でしたね。万引きしようとしている相手を見て、止めようとしたとき、どんな気持ちだったんでしょうか」

「……どんな気持ち……ですか」

しばしの間、恵子はじっと考える。しかし、言葉は出てこなかった。

「わかりませんか」とみちおが恵子にやさしい視線を向ける。「自分の気持ちが一番わからないことはありますから。もし整理ができたら教えてください」

「はい……」

川添がチラッとみちおを見上げる。

入間みちおアンテナになにかが引っかかった？

「私からも」と坂間が恵子に尋ねる。「夢中で応戦したと言いましたが、相手を何度殴ったか覚えていますか」

「一度だったと思います」

坂間は井出へと視線を移す。「検察官、一度の殴打で皮下血腫急性硬膜下血腫が起こったとわかる資料を提出してください」

「わかりました」


公判を終えた一同が合議室へと向かっている。ふいにみちおが後ろを歩く前橋と磯崎を振り向き、尋ねた。

「研修生のふたりはさ、被告人の主張どう思う？」

「どうって……」戸惑いつつ、前橋が答える。「うちの地裁では、書記官は裁判官に意見はしません」

「うちも……」と磯崎。

そんなふたりに坂間が言った。「書記官も審理に加わっている一員ですよ」

前橋と磯崎が顔を見合わせると川添と浜谷が畳みかけてくる。

「特にここじゃ立場関係なしの無法地帯」

「担当の検察官なんて検察の闇を暴(あば)いたりするからね」

突然の流れ弾に井出が苦笑する。

最後に駒沢がふたりに言った。「思ったことを遠慮なく」

合議室に入り、前橋がおずおずと口を開く。

「……被告人は嘘をついていると思いますが」

「私も、そう思う」と磯崎が同意する。「真相は藪(やぶ)のなかだから正当防衛を持ち出しているのでは」

「私には本当のことだと主張しているんです」と弁護士の堤が口をはさんだ。

「被告人を信じますよ、私は」と川添が加勢する。「万引き犯だからといって万引き犯を捕まえないとはかぎらない。目を見ればわかります」

「痴漢を捕まえようとしたことを誰も信じてくれないご自身の立場と重ね合わせた発言ではないですか？」

「嫌いだわ、井出君」

「あのさー」とみちおが口を開いた瞬間、坂間が言った。

「その『あのさー』の感じ、今から突拍子もない発言をしますね。たとえば、甥(おい)っ子トーク」

みちおが口を閉じる。

「図星のようですね」と駒沢が微笑む。

「坂間さんが入間さんの心を読んだ」と浜谷は感動。

ふふっと得意げな坂間に、「もういい」とみちおがすねる。

「なにすねてるんですか。『あのさー』の続きをどうぞ」

「イヤ」とみちおは子どものように首を振る。

「いいから。早く話してください」

「なんで子どもの絵の太陽は赤、信号は青なんだと思う？　って甥っ子に聞かれたんだよ」

「たしかに太陽の光はさまざまな色が混じっていて何色で描いても間違いじゃない。青信号も実物はかなり緑色に近いですね」と坂間がうなずく。

「これって、大人が子どもに知らず知らずのうちにそうアドバイスしてるからじゃないかな。子どもは先入観から、疑いもなく太陽は赤、青信号は青色で描いてしまう」

「なんの話……?」と前橋と磯崎は戸惑う。

「起訴内容を鵜呑(うの)みにせず、先入観を捨てるんだよ。僕が気になったのは被告人の様子。万引き犯を捕まえようとしたときのこと。自分の気持ちがわからない感じだった」

「自身の二度の万引きといい、彼女は万引きという行為になぜか反応している」と駒沢。

「それが衝動だとしたら、前提が間違っている」

みちおの言葉に坂間はハッとした。

「育児と介護でうつ病の傾向があった。ストレスから万引きを……そこですね」

「そう」とうなずき、みちおは続ける。「病気は病気でも、万引きの病気なんじゃないかな、彼女は――」

「クレプトマニア?」

拘置所(こうちしょ)の接見室で潮川拓馬(たくま)が妻の恵子と向き合っている。立ち会ってくれた堤の口から出た耳なじみのない言葉に、拓馬は聞き返した。

「ええ」と堤が説明する。「窃盗症とも言われている精神障害の一種で、専門医の診断によってわかったんです。窃盗行為の緊張感と成功時の満足感が目的になっていて、窃盗のための窃盗とも言われています」

恵子は申し訳なさそうに体を縮める。

しばらく考え込んでいた拓馬が堤に言った。

「妻とふたりにしてもらえますか」

「はい」と堤が接見室を出ていく。

拓馬はアクリル板の向こうの恵子に言った。

「おふくろのこととかほたるのこととか、任せっ切りで悪かった」

「ううん、私が——」

「離婚したら、恵子は楽になれるんじゃないかな」

「えっ⁉」

「ほたるは俺が引きとる。おふくろはなんとかする」

「ちょっと待って——」

「ほたるの身にもなってやれよ！　あの子はまだ小学校に上がったばかりだぞ。すでに学校でも変な噂が広がりはじめている」

「！……」

拓馬がボソッとつぶやいた。

「俺……ずっと騙(だま)されていたんだよな」

その言葉が恵子の心に深く刺さった。

「大丈夫、育児も介護もちゃんとできる。二度と事件は起こしません――君の『大丈夫』は全然大丈夫じゃなかったんだよ。信じてたのに……」

重ねられた拓馬の言葉に傷口は広がり、胸が苦しくなってきた。

私は母親失格だ――。

＊

第二回公判――。

証言台に立った恵子にみちおが尋ねる。

「ご自身が窃盗の病気だと知って、どう思いましたか」

「……ダメな人間だと思いました」

「ダメな人間だから病気になるわけではないですよ」

みちおの慰めの言葉も、今の恵子には響かない。

「今回の窃盗の件には、このことを考慮します」

じっと恵子を観察していた浜谷がボソッとつぶやく。「ちょっと元気ない」

「え……」と川添が恵子を見る。たしかに今までにも増して表情が暗い。

「傷害事件の件ですが」と駒沢が審理を進める。「提出された医師の診断から、被害者は間違いなく二度頭部を殴られていたことがわかりました。検察官」

「はい」と井出が立ち上がり、モニターに診断書の画像を出した。

「外傷に大きな差があり、一つは軽傷。もうひとつはかなり強く殴りつけたことによる損傷だと。被告人は夢中で一度殴ったと言いましたが、二度ではないんですか。そして、二度目は意識的に強く殴りつけたのではないですか」

精神的に追いつめられていく恵子を見て、川添がみちおを振り返った。

「裁判長、少し休廷しませんか」

まさかの書記官からの提案に、前橋と磯崎がギョッとなる。

「汗。彼女、暑くもないのに汗が……」

見ると、恵子の顔には汗の玉が浮いている。

みちおは駒沢、坂間と顔を見合わせ、休廷を決めた。

恵子を会議室のイスに落ちつかせると、浜谷がペットボトルの水を渡す。ひと息ついた恵子は、拘置所での夫との出来事を語った。

「そうですか。離婚を切り出されたんですか」

「はい……」

重くなった空気を和らげようと、川添が軽口を叩く。

「いや、私も五年前離婚したんですが、スッキリしましたよ。離婚でハッピーに——」

「主任！」

浜谷に一喝され、川添は口にチャックの仕草をしてみせる。

恵子に向き直り、浜谷は言った。

「潮川さん。たとえ離婚しても潮川さんがほたるちゃんのお母さんであることには変わりませんよ。お母さんとして、今この瞬間にできることがあるんじゃないですか」

「……」

ドアの前に立ち、見守っていた磯崎がボソッとつぶやく。

「書記官ってこんなことやっていいの？」

「ダメだろ、普通」と前橋が返す。

ふたりの会話が耳に入り、川添が言った。

「そのダメという考え、書記官は出しゃばらないっていう先入観だったりしない？」

「……」


公判が再開され、恵子が語りはじめた。

「万引きのとき、すごく緊張します。でも盗めたときは……そこに小さな喜びを感じてしまう。変わらない日常は檻のようなもので、そこから少し自由になれる感じ……」

妻の告白を傍聴席の拓馬が複雑な思いで聞いている。

「山寺さんが万引きしているのを見たとき、成功したらダメだ。私のようになってしまう。止めなきゃと……そう思いました。山寺さんに襲われたとき、たしかに夢中で応戦しましたが、私が殴ったのは一度……間違いありません」

休憩をはさんだことで心が落ち着いたのか、発言がしっかりしている。

「ナイスアシスト、川添さん、浜谷さん」と坂間がつぶやく。

「わかりました。では、被害者の旦那さんの証人尋問を行いましょう」

みちおにうながされ、山寺信吾が証言台に立った。

「奥さんから襲われたと電話があったのは間違いありませんか」

井出の問いに、山寺はしっかりと答えた。

「はい。頭を殴られたと」

「被告人は奥さんが万引きをしたと言っていますが」

「妻はそんな人間じゃない。私たちに子どもはいません。妻は教師として、生徒のことを我が子だと思っていると言っていた。妻は麻痺が残った。記憶だってもとに戻るかどうかわからない。その上、万引きした？　許せません」

「証言が食い違っていますね」顔に手を当て、みちおは考え込む。「被告人が殴ったのは一度という主張も、それが事実なら二度目の殴打は別の人間の可能性もあります」

浜谷がボソッとつぶやく。「え、いるの？　真犯人が……」

「来るよ、来ちゃうよ」と川添が期待とあきらめの入り混じった顔でみちおを見る。

「検証の必要がありますね」とみちおは立ち上がった。「職権を発動します。裁判所主導であらためて捜査を行います」

「えっ」

あ然とする前橋と磯崎の姿を見て、「みちおを見守る会」の面々が楽しそうにペンを動かしはじめる。

『書記官研修生、期待通りのリアクション』『入間って、坂間って、駒って、川添っち、浜やん、イチケイの愉快な仲間たち、正直もはやＬＯＶＥ！』

翌日、事件現場であるスーパー近くの河原に裁判関係者一同が集まった。

被告人役の坂間と被害者役の浜谷が恵子の証言通りに犯行を再現し、検証してみようというのだ。

一同が見守るなか、さっそくふたりが実演を始める。

「今ならまだ間に合う。返しましょう。盗んだの」

そう言って坂間が浜谷の手を取る。しかし、浜谷はその手を振り払い、逃げ出そうとする。すかさず坂間が肩をつかむ。浜谷が振り返り、坂間を突き飛ばす。体勢を崩した坂間に浜谷が襲いかかる。坂間は前もって道端に置いた石と書かれたスポンジを手に取り、浜谷の頭を殴る。浜谷がうずくまったところで、川添がストップをかけた。

「被告人の証言通りだと正当防衛と言えますね」と堤が皆に確認する。

「でも、実際は二度殴られています」と井出が返す。「もし二度目も彼女であれば、過剰防衛です」

初めての現場検証を物珍しげに見ていた前橋だったが、坂間と浜谷の熱演とそこで繰り広げられる一同の議論に次第に引き込まれていった。自然、自分でも考えはじめる。

「なに？」と磯崎が前橋に尋ねる。

「まさかな……」

つぶやきが耳に入り、「なに？」と磯崎が前橋に尋ねる。

「いや、いいよ」

「なになに？」とみちおが食いついた。

「いえ、憶測なので……」

「いい加減に捨てちゃえば？　書記官は出しゃばらないって考え」と川添が誘惑し、「捨てちゃえ」と浜谷が背中を押す。

前橋は一つ息をつくと、自分の考えを述べはじめた。

「被害者に二度目の攻撃を加えたのが別の人間だとしたら――疑わしい人間がいるんじゃないでしょうか」

「お、真犯人説ね」とみちおが目を輝かせる。

「被告人が立ち去ったあと、電話を受けて十分後にはこの場に駆けつけた人物」

「えっ、旦那さんが？」と磯崎は驚く。

「あるな」と川添が強くうなずく。「私も元妻からは殺意のような――」

戯言(たわごと)をさえぎり、坂間が前橋に尋ねた。

「あなたはなぜそう思ったのですか」

「僕の父は大学病院の医師でした。医療ミスが起きたとき、教授の代わりに父が責任をとらされそうになったんです。でも裁判で真実が明らかになり、父は救われた」

「それで法に興味を持ったんだ」

浜谷にうなずき、前橋は続ける。「あのとき、思った。築き上げたものを失いそうになったとき、常軌を逸した行動をとる人もいる」

「たしかに旦那さんは七期当選の市議会議員。市長選は来月です」と磯崎が前橋の推理の根拠を示す。

井出も腑に落ちたようにうなずいた。「妻が万引きに加え、傷害沙汰も起こしたことが知れたら、自身の名誉に傷がつく……」

「現場に駆けつけて口論の末に、思わず殴りつけた。しかも妻は頭部損傷で記憶障害になった。真実をいくらでも捻じ曲げることができます」

「名探偵だね」とみちおが前橋に賛辞を贈る。

「事件の目撃者はいませんが、夫が山寺史絵さんと電話しているのを目撃している人がいるかもしれません」

「なるほど」と坂間が井出にうなずいた。「どういう会話をしていたかで、状況がわかるかもしれない」

「それと被害者が万引きしていたかどうかもはっきりさせたいですね」

みちおの言葉に、すぐに堤が反応する。「万引きが事実なら、盗んだモノを警察が来る前に一刻も早く証拠隠滅したいはず」

「被告人が立ち去ったあと、被害者本人もしくは被害者の夫が持ち去った？」

坂間にうなずき、井出が言った。

「こういうケース、現場近くで処分される例が少なくないです」

「えいっ」と坂間が何かを投げる仕草をする。

キョトンとなる一同に、「あ、いや」と坂間は投げたほうを指さ示した。

「すぐ近くに川が」

一同は川岸まで移動した。

「山寺史絵さんから連絡を受けた旦那さんがどんな感じだったか調べてみるよ。で、川添さんさ――」

本題に入ろうとしたみちおに、川添が即答した。

「断ります！」

「まだなにも言ってないよ」

「いや、今ここにいる全員、なにを言うかわかったと思う」と浜谷が苦笑する。

「川添さんさ――」

「だから断ります！」

そのとき、前橋が手を挙げた。

「僕やります」

「私も」と磯崎も続く。

「ええっ」

その機を逃さず、みちおが早口で言った。

「川添さんさ、川をさらってきて」

「ノオ！！！！」


書記官チームを川原に残し、みちお、坂間、井出、堤の四人は市役所に向かった。聞き込みを開始すると、山寺が参加している常任委員会の担当職員のひとりがその場に居合わせたことがわかった。

「ええ、覚えています。山寺さんのもとに奥さんから連絡があったときのこと」

坂間に問われ、その職員はあっさりと返した。皆の期待がにわかに高まる。

「会議が始まる前で、山寺さんは奥さんの電話に出て、すごく驚いてらっしゃいました」

「ほかに覚えていることや気になったことはありませんか」

思案する職員の表情を見て、みちおが言った。

「あるんですね」

「いや、山寺さん、なぜかすごく怒ってらしたんです」

電話口で何か怒鳴っていたのだが、聞いては悪いと思い、その場を離れたと言う。

「わかりました。ありがとうございます」

職員が会議室を去ると、井出がつぶやく。

「妻を心配していたのではなく怒っていた……そして現場に向かった」

「もう一度法廷に呼んで、証言してもらいましょう」

そう言って、坂間が皆を見回したとき、堤のスマホが震えた。

「被告人の旦那さんからです」と言い、堤は電話に出た。「はい、えっ!?」

スマホから耳を離し、堤は一同に言った。

「被告人の六歳の娘、ほたるちゃんがいなくなったそうです」

「!?」

「ほたるがいなくなった!?」

接見室で浜谷と向き合った恵子は、娘の失踪を告げられ、取り乱す。

「ほたるちゃんを見かけたスーパーの店員の話だと、パンと牛乳を買いながら『ママはわたしがたすける』と言っていたそうなんです。誘拐じゃない。自分の意思でどこかに向かったんだと思われます」

浜谷は恵子を落ち着かせ、尋ねた。

「手分けして探していますが、まだ見つかっていないんです。なにか心当たりはありませんか。娘さんのことを一番知っているのは、お母さんだから」

恵子は懸命に考える。

「洗濯物を畳んだり、掃除を手伝ったり、ほたるはいつも私を助けようとしてくれていた。今の私ができない代わりに、もしかして……」

恵子が告げたのは、思いもよらない場所だった。

病院の中庭を史絵を乗せた車イスが進んでいく。自分の背たけと同じくらいの高さの車イスを一生懸命に押しているのは、ほたるだ。

浜谷からの連絡を受け、やってきたみちおたちがその光景に足を止める。

そこに川添ら書記官チームと一緒に拓馬が駆け込んできた。

「ほたる！」

「パパ！」とほたるが車イスの後ろから顔を出し、驚いたように拓馬を見た。

駆け寄り、拓馬がほたるを抱きしめる。

ふたりを見つめる史絵の頬（ほほ）は涙で濡れている。

みちおたちがゆっくりと史絵に近づいていく。

＊

第三回公判——。

証言台に立った山寺が堤の質問に答えている。

「たしかに妻から電話を受けたとき、怒りで我を忘れました。憤（いきどお）りです、被告人に対する。どうして逆恨みで妻が襲われなければいけないんだと」

「奥さんから万引きしたことを聞かされたからではないんですか」

「違います」

「ここで弁八号証を提出します」

堤がかかげたビニール袋のなかには文鎮が入っていた。恵子の証言に出てきた品だ。

「これは奥さんが万引きしたものです。傷害事件が起きた現場近くの川に捨てられていました」

山寺の表情が明らかに変わった。必死に感情を隠そうとしているが目が泳いでいる。

川添は誇らしげにその証拠品を見つめる。研修生たちと一緒に腰が痛くなるまで川をさらって、ようやく発見したのだ。

「裁判所からもよろしいでしょうか」とみちおが山寺に語りかける。

「被告人の娘、ほたるちゃんがひとりで山寺史絵さんの病院を訪ねました。お母さんに代わり、謝罪に来たのです。

『ごめんなさい。ママをゆるしてください。ごめんなさい』

ほたるちゃんの言葉に、奥さんが涙を流していました。記憶障害の奥さんがなぜ、涙を流したんだと思いますか」

「まさか記憶が……」

「裁判所主導の捜査でわかった事実を奥さんに伝えました。麻痺でうまくしゃべれないので、奥さんから手紙という形で証言させてほしいという申し出がありました」

法廷横の扉が開き、石倉に付き添われた史絵が車イスに乗って入ってきた。山寺が信じられないという顔で妻を見つめる。

「被害者が記した手紙です」と石倉がみちおに渡したとき、川添が言った。

「裁判長。手紙は旦那さんに読んでもらったらどうでしょうか。旦那さんの言葉で、奥さんの思いを」

「賛成します」とすぐに坂間が返す。

「私もいいと思います」と駒沢も賛同を示す。

「弁護人、検察官」

みちおに聞かれ、堤と井出は同時に答えた。

「しかるべく」

みちおは山寺に言った。

「山寺さん。奥さんの手紙を読んでいただけますか」

川添がみちおから受け取り、山寺に手紙を渡す。

山寺はすばやく手紙に目を通し、ぼう然と横に座る史絵を見た。

史絵は静かに前を向いている。

山寺はゆっくり手紙を読みはじめた。

「私は……教職の仕事に心血を注いできました。苦しみもありましたが、苦しんだ分だけ喜びもありました。教え子に恩師と言われる。人生の手応えと呼べるものがそこにはありました。教職の仕事を離れてからその手応えもなくなり、ただ一日一日時間が過ぎていくだけの人生になってゆきました。そんなとき、潮川恵子さんが万引きしているところを見かけたのです。最初は気づきませんでした。元教え子だとは。警察沙汰になり、警察官が来るまで彼女と話しました。彼女は盗んだ瞬間、心が満たされるのだと言いました。自嘲気味に話す彼女の顔を見たとき、ふいに思い出しました。卒業文集の将来の夢で悩んでいた彼女のことを。『お母さんになることが夢って変ですか？』って聞いてきたよね——そう言うと、彼女は『私、そんなこと言ったんですか』と驚いていました。もうこんなことしちゃダメとまるで教師のように彼女を諭しているとき、私のなかに満たされるものがありました。でも、万引きを止めようとしたのは彼女のためじゃない。彼女に自分のことを重ね合わせたたからかもしれません」

そこで山寺は大きく息をつき、史絵を見た。史絵はじっと前を向いている。

「彼女の万引きを見かけた日、教師の仕事を離れて私自身五回目の万引きをしようとしていたのです。クレプトマニア——私も潮川さんと同じ病気だったのです」

恵子は山寺ではなく、ずっと史絵を見つめている。その表情がせつなげにゆがむ。

「いつか見つかる。このことを夫が知ったら……でも、やめられなかった。運命の皮肉。それとも必然か——今度は私が万引きの現場を彼女に見られた。きっと潮川さんも私と同じ、自分を止めようと私を止めた。でも私は恐怖と羞恥心からパニックになり、現実から逃げようとしました。揉み合いになったとき、潮川さんが夢中で応戦した石が私の頭に当たりました。心配してくれる彼女に『大丈夫。盗んだものは返すから』と言い、私は彼女を追い払いました。彼女を帰したあと、私は思いました……隠し切れない。事実を夫に話すしかない。私は夫に電話をして、すべてを打ち明けました」

自分の告白を読む夫の声を聞きながら、史絵はあのときのことを思い返す。

スマホから聞こえてくる怒声――。

「自分が何をやったのか、わかってんのか!?　相手もケガしているなら、傷害だ。俺の人生も無茶苦茶になる!」

「……ごめんなさい」

「こんなことなら、いっそ」

「いっそ、なに?」

夫は答えず、「そっちに行く」とだけ言って、電話を切った。

夫が飲み込んだ言葉――夫が築き上げたものが壊れる。たしかにいっそ死んでいたほうがよかった……。

私は盗んだものを川に投げ捨てると、転がっていた石を持ち、自分の頭に思い切り振り下ろした――。

「……なぜ、自分がそんな行動を起こしたのか……ただただ消えてしまいたい――そのことは覚えています」

衝撃の告白に、法廷は静まり返っている。

「記憶はぼんやりしていましたが、潮川さんの裁判が始まる前にはなにが起きたのか思い出していました。怖かった。夫は私が覚えていないことを喜んでいたから。でも……あの子が……お母さんの代わりに私に謝ってくれた……」

その場に居合わせた裁判長さんからも言われた。

「山寺史絵さん。あなたの教え子の人生がかかっています。あなたの証言で救うことができるんじゃないですか」と――。

山寺は自分の行いを恥じ入りながら、妻の思いを口にする。

「私にできることをやらないといけないと思いました。潮川さんは、万引きをしようとした私を止めようとしただけです。これが真実です」

夫が手紙を読み終えると、史絵はよろよろと立ち上がり、被告席の恵子に涙に濡れた顔を向け、頭を下げた。山寺も深々と腰を折る。みちおはゆっくりと法壇を降りていく。

「『助けて』と言うのは、とても勇気のいることだと思います。弱い自分を認めることになる。子育てと介護で苦しみ、内に抱えてしまった潮川恵子さん」

「……」

「教師の仕事から離れて、喪失感を内に抱えてしまった山寺史絵さん」

「……」

「勇気を持って、『助けて』と言ってみたらどうでしょうか。言葉にしないとわからないこともあるんじゃないでしょうか」

みちおの言葉がふたりの心に沁みていく。

「夫婦であっても。いや、夫婦だからこそ、わかり合うために心の声を言葉にすることは大事なことなんだと思います」

恵子は傍聴席の拓馬を、史絵は証言台の信吾を見つめる。ふたりの夫も見返してくる。

今ならなんとなく心の声が伝わるように思える。

だからこそ、しっかりと言葉にしよう。


みちおが閉廷を告げ、恵子が被告人席から立ち上がった。傍聴席の拓馬のほうへと顔を向ける恵子を、「行きなさい」と刑務官が追い立てる。すかさず川添が言った。

「少しだけ話をさせてあげてください」

「規則違反ですが」

「私が怒られておきますから」

そう言って、川添が恵子をうながす。

恵子は拓馬に向き合うと、隠していた思いを伝える。

「大丈夫じゃない。私はあなたがいないと全然大丈夫じゃない」

「……」

「なんで私の苦しみに気づいてくれないんだろうって、あなたを呪っていた。呪いながら、いつもお義母さんとほたるの面倒を見て、自分なんか消えちゃえばいいって思ってた」

押し殺していた感情が涙となってあふれ出る。

「でも、こんなんだけど、まだ一緒にいたいって思うの。助けてください。私ひとりじゃ頑張れない。助けて……」

そんな恵子の姿に、拓馬は忘れていた大切なものを思い出す。

そして、それをないがしろにしてきた自分の愚かさも……。

「俺が恵子に大丈夫って、いつも言わせてたんだな。ごめんな」

切れかけた絆(きずな)を紡ぎ直す——その第一歩をふたりは今、踏み出したのだ。

刑事部に戻ってきた書記官チームに、「北海道のふるさと納税でもらった『プリン?』一つずつあげる」とみちおが配っていく。ありがたく受けとり、さっそく食べはじめるがすぐに糸子は「ん?」と首をかしげた。「これ、豆腐ですよ」

「私のはゼリーだ」と浜谷がしげしげとカップを眺める。

「僕のはプリンですよ」と石倉。

顔を見合わせる三人にみちおが得意げに言った。

「プリンの形をしてるからといってプリンだとはかぎらないよ」

「たしかにここ、『プリン?』と記されています」

一本取られたと川添は笑う。そこに駒沢がやってきた。

「潮川さんの刑について、みなさんのご意見も聞かせていただけますか」

「傷害事件に関して、万引きを止めようとした結果の正当行為として罪には問わない。二度目の窃盗事件はどう判決を下すかですね」と坂間が確認する。

「執行猶予中の犯罪は原則実刑」

石倉の判断に浜谷が反論する。

「でも、刑務所に入れば娘さんと離れることになる」

「子どもがいるから刑を軽くするっていうのは、公平性に欠けるよ」と川添。

「でも、クレプトマニアは病気です」と磯崎がごく自然に自分の意見を言う。

「彼女に必要なのは刑罰じゃなくて適切な治療。周りのサポートが大事なことも伝わっていると思います」

今日の公判を踏まえての前橋の意見に、「そうだね」と川添はうなずいた。

「異議なし」と石倉、浜谷、糸子の三人も声をそろえる。

「じゃあ、みんなの意見も参考にして刑を決めるよ」とみちおが坂間と駒沢と一緒に中二階の会議室へと移動する。

前橋がボソッとつぶやいた。

「……もう研修終わりだ」

「うん……」と磯崎がうなずく。

ふたりの様子を見て、石倉が言った。

「あれ、名残(なごり)惜しい感じですか？　うちは書記官が配属を避けたがる部署のナンバー1ですよ」

「でも、なんか書記官やりたいと思えました」

「うん」とふたたび磯崎が前橋にうなずく。

そんなふたりに浜谷が言った。

「書記官ってさ、なりたくてなった人少ないと思うんだよね。なってみてから気づく。やりがいとかにね。裁判官と書記官は夫婦みたいなもん。いい関係を築ければ、いい裁判ができる。ろくでもない裁判官に出会ったら、自分がコントロールするつもりでね」

含蓄（がんちく）のあるアドバイスに、「はい」とふたりは声をそろえた。

「まあ、僕みたいに恐ろしく引きが悪くて、とんでもない裁判官と出会わないように祈ってるよ」

苦笑する川添に前橋と磯崎が言った。

「恐ろしく引きがいいと思います、川添さん」

「一周回って逆についてるって感じです」

「は？　なんでそうなるの」

＊

第四回公判――。

法廷横の扉から井出に続いて入ってきた人物を見て、川添は表情をゆるめた。

「こっちに残ることになったんだ」

書記官席の川添と浜谷に向かって城島が不敵に微笑む。「お前らと渡り合うには、俺が必要だってことだ」

「誰もイチケイ担当になりたくないのが功を奏したんですよ」

裏事情を暴露する井出に浜谷が微笑む。「喜ぶと思う、部長。草野球のライバルがいなくなるの心配してたから」

「違うだろ、心配するところが」

みちおを先頭に裁判官チームが入廷してきた。検察官席の城島を見て、駒沢は思わず笑みをこぼした。城島もフンと笑ってみせる。

「それでは判決を言い渡します。被告人は証言台へ」

みちおにうながされ、恵子が証言台に立つ。

傍聴席で拓馬とほたるが両手を組んで祈っている。

「主文、被告人を懲役(ちょうえき)一年に処する。この裁判が確定した日から三年間この刑全部の執行を猶予し、その猶予の期間中、被告人を保護観察に付(ふ)する。傷害事件に関して被告人は、無罪」

予想外の判決に、恵子と拓馬があ然としていると、「さいばんちょー」とほたるが大きな声を上げた。

「ママ、おうちに帰れるんですか」

「！　ほたる、静かに」と拓馬が慌てる。

みちおは満面の笑顔でほたるに答える。

「帰れますよ」

ふたりのやりとりに、坂間と駒沢の表情もゆるむ。

「みちおを見守る会」の面々がさっそくペンを走らせはじめた。

『キター！　異例判決、再度の執行猶予!!』

判決文を読むみちおの声を聞きながら、川添は心のなかで独白する。

私はついていない男——私がペアを組むのはいつだって常識はずれの裁判官。そして、
私の墓場であるこのイチケイは、今までの出会いでも最悪と呼べる裁判官がいる。

判決文の誤字にみちおが文句をつけ、浜谷と一触即発状態になる。

「そもそも誤字をしたのは——」

「続けます」

「ごまかした……」

やはり最悪の裁判官だ。

でも、これでいい。私の書記官人生これでいいのだ。

いや、これがいいのだ！


その夜、坂間と書記官チームがそば処「いしくら」で飲んでいると、緊張した面持ちの石倉が、「千鶴さん、ちょっと」と坂間を呼んだ。皆とは少し離れた席に坂間を移動させると、石倉もその正面に座る。

「ん？」

「言葉にしないと伝わらないことがある――だから僕は言います」

覚悟を決め、石倉は言った。

「僕はあなたのことが好きです」

「私も好きですよ」

間髪いれずに坂間が答える。聞き耳を立てていた川添たちは仰天。当の石倉はまさかの返事に固まっている。

「好きですよ、石倉さんのこと」

「千鶴さん……」

「石倉さんは若いのに細やかな来庁者対応、警察官や弁護人の信頼も厚い。ペアを組むと心地よく仕事ができます」

「え、あ、いや……そういうことじゃ」

「ただ裁判中ときどき、ボソッと私語をしてますよね。あれ、悪いクセですよ」

屈託（くったく）のない笑みを向けられ、石倉は覚（さと）った。

言葉にしても伝わらないことはある……。

「ダメだ、こりゃ」

「恋愛偏差値低すぎ」

浜谷と糸子があきれたとき、駒沢が店に顔を出した。

「真犯人が捕まりましたよ、痴漢の」

「えっ」

「警察に話したんですよ。川添さんの証言は正しいと仮定して、先入観を捨てたら単純なことではないかと。角を曲がった川添さんは痴漢を見失った。そのときに若い女性と居合わせた。女性が女性に痴漢をしないという先入観――」

「ええっ」と川添は素っ頓狂（すっとんきょう）な声を上げた。「あのときの子が？」

「彼氏を奪われた恨みから、男性に変装して痴漢の嫌がらせをやっていたそうです」

「部長、あなたに会えてよかった！」

抱きつこうとした川添を駒沢が避ける。

「なんで避けるんですか」

「とにかく、どんなことも先入観を持って物事を見ちゃダメってことですね」

糸子が言うと、「どうですかね、それは」と奥のテーブルにいた男性が話に加わってきた。三十代らしい精悍な顔つきの男だ。

「先入観は必ずしも悪くはないと思うんですよ」と男は語りはじめる。「事前情報のない初めて見る動物に出くわしたとします。見るからに獰猛そうだ。そこで……いや、先入観を持ってはダメだ。見たまんまとはかぎらない。案外、心やさしき動物かもしれない。人の言葉だってわかるかもしれないと笑顔で話しかけた瞬間、パクっ——っていうことになりかねない。動物でなくても、見るからに怪しそうな人物を警戒しないと痛い目に遭うでしょ。先入観も時には大事だと思うんですよね」

すっかり話に聞き入ってしまった川添が、我に返った。

「あの、どちらさまですか」

「ああ……いつもみなさんのお話聞いてたんで、すっかり顔なじみだと思ってしまいました」と男が破顔する。

と、店の扉が開き、みちおが入ってきた。

「みちおさん」と男が声をかける。

「おう、道彦」

ふたりを交互に見て、一同は目をパチクリ。

「あれ、初めてだっけ？」とみちおは意外そうな顔になる。

「今のトークの感じって……」

石倉のあとを引きとり、坂間が尋ねる。

「まさかとは思いますが、入間さんの――」

「僕の甥っ子」とみちおがうなずく。

皆の思いを代弁するように坂間が言った。

「甥っ子、でかっ!!」

9

朝、裁判所への道を歩きながら背後に誰かの気配を感じ、坂間は振り返った。しかし、誰もいない。いぶかりながらも坂間はふたたび歩きはじめる。

最近、こういうことが多い。誰かにあとをつけられているような……。

裁判所に入り、エレベーターを待つ間、坂間は妹の絵真とのメッセージのやりとりを再開する。絵真は今、遺跡発掘調査のためエジプトにいるようだ。

『入間みちお取扱い説明書？』

なぜか絵真はみちおに興味津々で盛んに尋ねてくるから自然にその話題が多くなる。何げなく送った言葉にさっそく反応してきた。すぐに坂間が返信する。

『予測できなかった言動が、最近何を考え、どう行動するのかわかるようになってきた』

『お姉ちゃん。プライベートでも会ってみたら？』

『なんのために？？』

『もっと入間さんのことが知りたいと思わない？』

『は!?　なんで？　意味がわからない』

即座に送り返したとき、背後から石倉の大きな声が聞こえてきた。

「お前だな、つきまとってるのは!!」

振り返ると、石倉が見覚えのある男性を捕まえている。「みちおを見守る会」の富樫だ。

ワケがわからないという顔の富樫を石倉が問いつめる。

「千鶴さんをつけ回しているんだろ」

「石倉さん」と慌てて坂間は駆け寄った。「誰かにつけられている気がすると言っただけで、確証があるわけでは――」

「見てください、こいつヒゲないでしょ」と富樫の顔を坂間のほうに向けさせる。たしかにみちおと同じようなヒゲをたくわえていたのに、それがきれいに剃られている。

「みちおさんから千鶴さんに乗り換えたんですよ。ほら」

石倉はスマホを坂間に見せる。表示されているSNSのアカウント名は「千鶴も見守る会」となっており、『慶應大学入学試験の集団カンニング事件――坂間千鶴から被告人への説諭』とイラストつきの記事が一番上に掲載されている。

「いや、そこに『も』って書いてるでしょ」

「こんなとこまで入ってきて!」

「だから違いますって。あれ」と富樫はエレベーター脇の立て看板を指さす。

それは裁判員選任手続きを表示したものだった。

広めの会議室に十数名の裁判員候補者が集まっている。長方形に囲ったテーブルの中央に坂間と駒沢が座り、そこから少し離れた場所に石倉、川添、浜谷、糸子が控える。短い辺の左側に座った井出と城島に、入室してきた弁護士の辰巳浩之が話しかける。

「ご無沙汰しています。弁護人の辰巳です。ああ、ご心配なく。以前のように裁判中に居眠りなどしませんよ。全身全霊で――」

「わかりやすいな」と城島がよく回る舌をさえぎった。

「はい?」

「裁判員裁判は普通の国選より弁護料が高い。結果を出して、今後も弁護士会に推薦してもらいたいってことですよね」

あっさりと井出に見抜かれたが、「負ける気がしない」と辰巳は不敵に笑って右手を差し出す。その手を城島が強く握る。

「痛っ」

そこにみちおが入ってきた。候補者たちを興味深そうに眺めながらしばらく会議室をうろうろする。やがて、テーブルの中央に座ったから候補者たちは驚いた。

この人、裁判官だったのか……!?

みちおの顔を見ながら坂間が言った。

「ワクワク」

「え……」

「どんな裁判員とあれこれ議論することになるのか、楽しみで仕方ない。フフフ」

「……どうかと思うな、そうやって人の心を読むのは」

「は?」

「デリカシーに欠けるよ」

「あなたに言われたくありません」

「始めますよ」と駒沢がふたりの子どもじみたやりとりを終わらせ、川添が裁判員候補者たちの前に立った。

「裁判員候補者のみなさん、おはようございます。今からこの当日質問票に記入していただきます。その後、辞退したい方と個別に質問したい方は別室で面接します」

石倉たちが質問票と案件資料を配り終えると、駒沢が話しはじめる。

「今回の審理は殺人事件です。被告人は高見梓(たかみあずさ)。四十二歳。被害者は桐島優香(きりしまゆうか)さん。四十五歳。六名の裁判員と補充裁判員二名で審理に当たります」

説明を聞き終えた候補者たちが質問票に記入していく。

個別面接を経て、合議の末、抽選から除外する者を決定。その後、抽選が行われた。

ふたたび会議室に集まった候補者たちに川添が結果を伝えていく。

「裁判員に選ばれたのは2番さん」

呼ばれた人物を坂間があらためて観察する。

落合清美（おちあいきよみ）。五十一歳。結婚相談所勤務。お節介なおばさんという感じ。

「5番さん」

立原理沙子（たちはらりさこ）。四十歳。主婦。おどおどとして気の弱さが前面に出ている。

「7番さん」

田部公平（たべこうへい）。三十二歳。土木作業員。日に焼け、がっしりとした体つきのガテン系。

「11番さん」

西園寺勝則（さいおんじかつのり）。二十八歳。証券会社勤務。知的ではあるが、シニカルな感じがする。

「14番さん」

小中渚（こなかなぎさ）。二十二歳。大学生。気の強そうなお嬢さんタイプ。

「22番さん」

大前正一（おおまえしょういち）。五十八歳。塾講師。年齢相応の落ち着いた紳士。

「そして補充裁判員の方は9番さん」

新村早苗（にいむらさなえ）。三十歳。派遣社員。なんだかミステリアスな雰囲気がある。

「24番さん」

富樫浩二（とがしこうじ）。四十七歳。自由業。毎度おなじみ「みちおを見守る会」メンバー。

さぁ、このメンバーでどんな裁判になるのか。

市民感覚を裁判に反映するために生まれたのが裁判員制度だが、ときに市民感情に左右され、裁判所側が思ってもみないような判決に至ることもある。行うたびにむずかしさを痛感するが、果たして入間さんはこの人たちをどう御（ぎょ）していくのか……。

坂間がチラと横目でうかがうと、みちおは期待に目を輝かせている。

*

第一回公判――。

評議室に集まった裁判員一同が手にした宣誓書（せんせいしょ）を見ながら、声をそろえる。

「法令に従い、公平誠実に職務を全（まっと）うすることを誓います」

宣誓を終えた裁判員たちに駒沢が告げる。

「みなさんは法廷で審理したあと、この評議室でどんな判決にするか話し合っていただきます。ちなみにこれは我々裁判官のプロフィールです」

配られたみちおの経歴に、「えっ、中卒」と驚きの声が上がる。

続いて坂間が注意事項を伝えていく。

「これから審理に関わる上で、法廷で見聞きしたことはご家族やご友人にお話ししていただいて構いません。ただし、評議の内容は秘密にしていただく必要があります」

「これはみなさんが遠慮せずに話せる環境を作るために必要なことなので、必ずお守りください」と駒沢が念を押す。

富澤が尋ねた。「ネットに感想とか書いてもいいですよね」

「裁判員としての体験や感想を語るのは守秘義務の対象外ですので、大丈夫です」

坂間からの許可に喜び、富樫は一同に言った。

「僕、入間裁判官と坂間裁判官を見守る会をネットでやっているんです。よかったら、みなさん見てくださいね」

「私を見守る会は？」

まさかの駒沢からのツッコミに、富樫は気まずそうに目をそらした。

「裁判員に選ばれるのは千人にひとり。プレッシャーもあるでしょうが、一つのチームとして、みんなで頑張っていきましょう」

みちおが声をかけ、「はい」と右手を出した。

裁判員一同は戸惑い、顔を見合わせる。

「はい」とみちおがもう一度手を出す。

その手に坂間が、そして駒沢が手を重ねる。そういうものなのかと裁判員たちもおずおずと手を重ねていく。

「さあ、行きましょう」とみちおが勢いよく重なった手を跳ね上げた。


裁判長席にみちお、右陪席(ばいせき)に駒沢、左陪席に坂間が着き、その両側に三人ずつ裁判員が座る。補充裁判員のふたりは下手側の奥に陣取っている。

注目の裁判員裁判ということで傍聴席はほぼ満席。報道陣らしき人もチラホラ。そのなかに被害者の娘、高校一年生の桐島希美(のぞみ)の姿もある。

みちおが開廷を告げ、被告人の高見梓が証言台へと進む。涼しげな瞳がクールな印象を与える美しい女性だ。

井出が立ち上がり、起訴状を読みはじめる。

「被告人は令和三年三月十六日、午後一時三十分頃、東京都世田谷区あやめ町四丁目十二番二号桐島優香方三階バルコニーにおいて、殺意を持って、桐島優香を破損している柵方向に突き飛ばして転落させ、脳挫傷により同人を死亡させたものである。罪名および罪状、殺人。刑法第一九九条」

「被告人には黙秘権があります。答えたくない質問には答える必要はありません。そのことによって不利に扱われることはありません」

「はい」と梓がみちおにうなずく。

「検察官の述べた起訴事実に間違いはありますか?」

梓ははっきりと宣言した。

「私は殺してはいません。あれは事故です」

法廷がざわめき、裁判員たちは一様に戸惑う。

「裁判員裁判で否認事件って……」と石倉がボソッとつぶやく。

「あちゃ」と川添は頭を抱えた。「荒れるよ、これは」

「弁護人のご意見は?」

「被告人と同意見です。被告人は殺人など犯していません」

量刑だけではなく、有罪無罪を判断する難しい裁判となることが確定し、裁判員たちの表情がこわばっていく。

公判が終了し、一同が評議室へと戻ってきた。

「みなさん、お疲れさまでした」と駒沢がねぎらいの言葉をかける。一同が席に着く間に石倉と川添が食事の用意をしていく。

昼食はみちおのオーダーで、そば処「いしくら」の特上海鮮のっけ盛り天そばだ。

「みなさんに頑張ってもらうために奮発しました」

すかさず石倉が、「部長」と請求書を出す。

「ごちそうになります」と富樫が箸を手にし、「裁判員の食事は経費で落ちない。自腹なんですよ」と皆に教える。

「ありがとうございます」「いただきます」と裁判員たちが食事を始める。

駒沢が財布を取り出すのを見て、坂間が言った。

「私たちも払いますよ。ほら、入間さん」

「……財布落とした」

「若干の間、虚偽の発言ですね」

そのとき、唯一そばに手をつけずにいた理沙子が言った。

「あの、私、降りたいんですけど」

一同の手が止まる。

「気分悪くなって……」

「あれだ、あれ」と田部が思い起こす。「検察側の証拠、ホームセキュリティの映像」

「興味深かったですね」と淡々と言う西園寺とは対照的に、清美は顔をしかめる。

「生々しくて、夢に出てきそう」

「我々に見せたのは――」と法廷知識を披露しようとする富樫を、「検察側のアピールでしょうね」と大前が横取りした。「裁判員は素人なので、検察、弁護人はいかに自分の主張を裁判員に訴えるか苦心するんです。だからあえて犯行の様子を見せたんだと思います」

「……詳しいですね」

悔しげな富樫に大前は言った。

「塾講師なんですが、昔、弁護士を目指していたんですよ」

隣に座っていた渚が理沙子に、「一生に一度経験できるかどうかですよ。降りるなんてもったいないですよ」と翻意をうながす。

「とりあえず、食べましょう」とみちおが皆に言った。「で、検察側の提示した証拠について、今一度検証しましょう」

食事を終え、川添と石倉が退室し、一同は検証に入った。

検察側が提出した防犯カメラ映像に映っていたのは、被害者の桐島優香が中庭に落ちてくるという衝撃的なものだった。しばらくして、動かなくなった優香のもとへ高見梓が駆けてきた。梓は救急車を呼ぶこともなく、黙って優香の前に佇む。その間、約五分。そこに宅配便の配達員がやってきた。中庭に人が倒れていることに気づき、近づいていく。慌てて携帯を取り出したところで映像は終わっていた。

「配達員が救急車を呼び、被害者は救命救急センターに搬送されたものの、命を落としました。一分一秒を争う外傷だった。すぐに救急車を呼んだら助かったかもしれない」

井出はそう主張し、梓は反論することなく黙秘を貫いた――。

「被害者は多額の遺産を被告人に残すことを一年前に弁護士に書面で伝えていました」

と坂間が論点となる事実を挙げる。

「被告人はそのことは知らなかったと主張しましたね」と駒沢が確認する。「争点は計画殺人か事故か――?」

「クロだよ、クロ。あれは悪女だ」と田部が口火を切った。「相手の懐に入り込み、遺産を残すように仕向けたんだ。動機は金。悪女の鉄板だよ」

「残念です」とつぶやいたのは補充裁判員の早苗だ。「事実は小説より奇じゃなかった。私、小説を書いて投稿してるんです。普通すぎて使えない」

「まあ、クロなのは間違いないでしょうね。彼女の過去からしてもね」

意味深な西園寺の発言に、「過去？」と田部が反応する。「そんなの誰か言ってたか」

「ネットニュースになってるんですよ」

西園寺はスマホ画面に記事を表示し、説明していく。

「高見梓は五年前に火災で夫と娘を亡くしている。家事代行サービスを経営していた旦那と離婚の話し合いをしていたときに、彼女の過失でその火災事故は起こった」

「見た見た、それ」と清美が前のめりになる。「旦那の会社を譲り受けて、すぐに売却。すごいお金を受けとったんでしょ」

「娘を助けようとしたらしいことは書かれていますが、気になりますよね」

そこで駒沢が口をはさんだ。

「原則をお伝えしておきます。裁判は提出された証拠のみで判断しなければなりません」

「だから」と補足しようとした富樫を大前がさえぎった。

「被告人が悪女だとしても、今回の判決に関しては考慮に入れてはいけない」

「僕にも言わせてくださいよ！」

しかし、「うーん……悪女なのかな」とみちおは首をひねっている。

「いいんですか、その点について言及しても」と大前が尋ねる。

「過去があるから今がある――駒沢部長、そうおっしゃっていましたね。議論ぐらいいいんじゃないでしょうか」

「ええ」と駒沢が坂間にうなずいた。「みなさんが気になっているなら」

「過去にも金がらみで人が死んでるんなら、正真正銘金にとりつかれた悪女だ」と自説が証明されたかのように田部が鼻息を荒くする。

「悪女悪女って、女性にお金を騙しとられたことでもあるんですか」と少しあきれたように渚が尋ねる。

「な、ないよ。いいか、どう考えてもおかしいじゃないか。なんで金があるのに、被告人は被害者の家で家政婦やってたんだ。つまり、もっと金をって思ったはずだ」

「どうでしょう、それ」と渚がすぐに反論する。「お金があっても家政婦の仕事してる人いますよ。うちにいる家政婦さんもそうだし」

「家政婦さん、いらっしゃるのね」

驚く理沙子に渚が言った。

「子どもの頃からずっと」

「……」

一瞬静まり返ったその場に、渚は苦笑する。

「ああ、これ言うと、こういう空気流れるんですよね。お金持ちは才能。嫉妬されることには慣れてますから」

「金持ちが才能……？」と田部が反感をあらわにする。

「子どもは生まれてくる親を選べない。生まれながらにして持っているのは才能でしょ」

まるで悪びれない渚に田部が舌打ちする。

「こういうこと平気で言うから、金持ちは嫌いだな」

「お金持ちの人、僕は好きだな」と西園寺が微笑(ほほえ)みながら一同に言った。「証券会社で働いてるんですが、お金持ちの人ほど確固たる意志を持っている人が多いですよ」

「ここところ」と田部と渚を指さし、清美が言う。「相性最悪ね」

ふたりは顔を見合わせる。清美はさらに続けた。

「金銭感覚の不一致は離婚の大きな原因ですよ。私、結婚相談所のアドバイザーなんです。娘の結婚相手を探しているうちに、なぜかプロになって。ちなみに入間裁判長、ご結婚は？」

「独身です」

「お付き合いしている方は?」

「ノーコメントで」

「なんですか、その芸能人みたいなコメント」と坂間が苛立たしげにツッコむ。

「話が脱線してますね。先ほどおっしゃっていたお金があっても家政婦の仕事をしているという話、どうぞ」と駒沢が渚をうながす。

「家庭で家事を一生懸命やっても、家族に感謝されないじゃないですか。それが当たり前だと思って」

「たしかに」と理沙子が強くうなずく。「うちの主人、何食べてもうまいもまずいも言わない」

「でも家政婦の仕事をしていると、『ありがとう』『おいしかった』なんていつも言われる。それがうれしいって」

「そうよ、そうよ」と清美も賛同を示す。「減るもんじゃないし、なんで男は感謝の言葉を女性に言わないのかしら」

「女は言葉が欲しいんですよ」と渚。

納得し、大前はつぶやく。「ありがとう、おいしいを妻に言ってみようかな」

「プロの家政婦さんってヘルパーとか食育インストラクターの資格を持ってる人もいる。お金目的じゃなく、仕事に誇りを持っている人、多いですよ」

「でも、被告人の主張は説得力に欠けると思いませんか」と富樫が法廷での梓の証言に疑義を唱える。

　優香はバルコニーの手すりが壊れていることを知らなかった。バルコニーで揉み合ったのではなく、危ないと止めようとしたのだと梓は主張した。救急車を呼ばなかったのもぼう然として動けなかっただけだ――と。

「嘘なら、よく堂々とああいうこと言えますよね」と梓の態度を思い出しながら清美が苦々しげな顔になる。

「嘘をつくとき、人って脳がクリエイティブになるらしいですよ」と西園寺がそれっぽいことを言う。

「じゃあ、被告人がやったと思う人？」

　田部が一同に尋ねると、裁判員全員が手を挙げた。

「やっぱり死ぬまで見てたっていうのが、あり得ないと思うんですよね」

　これまで梓をかばうような態度をとっていた渚がそう発言し、「決まりじゃないですか」と清美が言う。

話し合いが煮つまったのを見て、駒沢が口を開いた。

「判決を下す際の規則があります。全員一致の意見が得られないときは、多数決になります。ただし裁判員だけによる意見で、被告人に不利な判断をすることはできません。裁判官一名が多数意見に賛成していることが必要です」

「みなさん、裁判はまだ始まったばかりです」

そう言って、みちおはニコッと微笑んだ。

*

第二回公判終了後――。

法廷を出たみちおたちが評議室へと向かっている。ふいに石倉が言った。

「誰かに恨まれてるんじゃないですか、千鶴さん」

ずっと胸にしまってきたが、こらえ切れなくなったのだ。怪訝(けげん)な顔をするみちおと駒沢に川添が説明する。

「坂間さん、今朝、駅のエスカレーターを降りようとしたら、誰かにドンとぶつかられて落ちそうになったって」

「……偶然だと思うんですが」

「いやでも」と石倉は坂間を心配する。「『千鶴を見守る会』で、千鶴さんの説諭すべてに噛みついてる人間がいるんですよ」

話を聞いていた駒沢がみちおに提案する。

「同じ官舎ですし、入間君、送り迎えしてあげたらどうですか」

「やろうか、僕」とみちおが坂間に言うや、石倉がさえぎった。

「僕がやります」

「さて、どっちを選びます？」と興味津々で川添が坂間をうかがう。

「……大丈夫です」

評議室に入ると、すでに裁判員たちはテーブルに着いていた。石倉と川添が一同に資料を配りはじめる。

席に着こうとする坂間に、「これあげる」とみちおがおどろおどろしい形相をした烏天狗（からすてんぐ）のフィギュアのようなものを取り出した。

「福岡県のふるさと納税でもらった烏天狗の『カーカー君』」

お腹のブザーを押すと「カーカー」と大きなカラスの鳴き声がして、一同は驚く。

「カーカーと鳴くカラスと烏天狗の間に関連性はありませんが」

あきれる坂間に向かって、みちおはさらにブザーを鳴らす。

「やめなさい」

「はい」とみちおがしつこく差し出してくる。坂間は渋々と受けとった。

防犯ブザーとして使えというのだろう。

「千鶴さん。僕、送り迎えしますからね」と念を押し、石倉は川添と一緒に評議室を出ていった。

「さて、今日は検察側、弁護側からの証人尋問でした」と駒沢が一同を見回す。「まずは検察側の証人の検証から始めましょう」

検察が証人として呼んだのは、救急車を呼んだ配達員と被害者の処置に当たり、最期を看取った救命医だった。

配達員は、途切れがちだったが被害者は何度も「お願い」「助けて」「許して」とくり返していたと証言。また救命医は被害者が亡くなったことを被告人に告げたときに、安堵しているような印象を受けたと証言した。

ただ、被告人は否定している。

「『お願い』『助けて』『許して』などと被害者は言っていない——そう被告人は供述しましたよね」と坂間があらためて一同に確認する。

「言った言わないだよな」と西園寺。その場にいた当事者にしかわからないことを証明するのは難しい。

「救命医の証言、ちょっとドキッとした」と言ったのは大前だ。皆が注目するなか、告白する。「父が心臓発作を起こして亡くなったとき、介護に疲れていた私と妻は、正直ホッとしたんです」

「大切に思うからこそ、死を願うこともありますよね」と渚は理解を示す。

「なんかわからなくなってきた。犯行の目的って、本当にお金？　だって被告人は家政婦として五年もの間働いてきたんでしょ」

「たしかに」と理沙子が清美にうなずく。「五年もいれば絆も生まれる」

すぐに西園寺が反論した。

「それはどうかな。関係が悪化して、殺意が芽生えることもあるでしょ」

「いいかな」と皆を注目させ、田部が言った。「俺、被告人殺してないと思う」

手のひら返しに一同はあ然となる。

「いやいや、あなた間違いない悪女だって言ってたじゃないですか」

「そうですよ。真逆のこと言ってる」

責めたてる渚と西園寺に、「主張を変えるのは恥ずかしいことじゃないですよ」とみちおが言った。「昔、僕は今川焼派ではなく、たい焼き派でした」

「？……」

「でもある日、甥っ子に言われたんですよ。今川焼はどこからかぶりついても皮と餡が同じなのに対し、たい焼きはあの形状からして餡が入っていない部分が多すぎるって。たしかにもっともな意見。それから堂々と僕は今川焼派になりました」

裁判員一同がポカンとするなか、坂間が冷静にツッコむ。

「そんなドヤ顔で言うことじゃない」

弁護側の証人尋問を聞いてそう思ったと田部が言うので、続いてその検証が始まる。

最初に証人として登場したのは、被害者の娘の希美だった——。

「被告人が家政婦として働きはじめたときのことを話していただけますか」

辰巳の質問に、法廷という場に物怖じすることもなく希美は話しはじめた。

「子どもの頃、私はずっと病院が家でした。心臓疾患を抱えていたんです。でも十一歳のとき、小児心臓移植を受けて、少しずつ普通の生活を送れるようになりました。自宅に戻ったとき、高見さんがうちで働きはじめ、母と私を支えてくれたんです」

「あなたのお母さん、高見さん、そしてあなたと被告人はどんな関係でしたか」

「幼い頃に両親は離婚して、父親の記憶がありません。母と私はふたり家族でした。でも高見さんがうちに来てから、もうひとり家族が増えたような……。母と高見さんはまるで姉と妹みたいで、私にとっては叔母さんのような存在でした」

「深い絆があったということですね」

「私、思い切り走ったことがなかったんです。でも、中学の運動会で走れるようになった。そのとき、母は泣いていました。そして高見さんも……。私は高見さんのことを信じています」

法廷にいる全員に訴えるように希美はそう断言した。

希美に続いて証言台に立った梓の同僚の家政婦もこんな証言をした。

「火事で家族を失ったとき、どうして一緒に死ねなかったのかと高見さんは言っていました。でも家政婦の仕事をもう一度やり始めて、生きる気力を得たように見えました。高見さんは言ってました。自分が桐島さんたちを支えたんじゃない。自分が支えられていたんだって」――。

あらためて弁護側の証人尋問を振り返り、清美が言う。

「被告人の人となり、みんないいこと言ってましたよね」

「印象操作の可能性ありますよ」と西園寺は冷静だ。

混乱したのか、自信なさげに理沙子がつぶやく。

「……私、やっぱり降りたいんですけど」

「ここまで来たんだし、もう少し頑張りましょう」と慌てて渚が引き留める。

「ああ、もうワケわかんなくなってきた」

元来考えることが苦手な田部が音(ね)を上げ、「被告人はやっていると思う人」と手っ取り早く決をとる。

西園寺、大前、渚が手を挙げ、清美と理沙子は手を挙げたり下ろしたりをくり返す。田部自身も同じように迷っている。

最初の公判から一転、混沌(こんとん)としてきた裁判に、「小説のネタになりそう」と補充裁判員の早苗だけはうれしそうだ。

「人の人生を左右してしまうなんてこと、どうすりゃいいんだよ」と田部は頭を抱え、最後には開き直った。「俺はもうみんなに合わせる」

「……たしかにしんどくなってきた」

「キツすぎます」と理沙子がぼやく清美に強くうなずく。「もし判決を間違えたりしたらどうするんですか」

みちお、坂間、駒沢の三人が顔を見合わせる。最初は物珍しさもあって積極的に職務を全うしようとするのだが、公判が進むにつれ、のしかかってくる責任の重みで精神的に追いづめられていく。裁判員あるあるだ。

「そもそも、素人を裁判に参加させるのはどうなんでしょうね」と西園寺が言うと、「そうだよ」と田部が乗っかってきた。「裁判所の正門のところに、裁判員制度反対の人たちがいっぱいいいて、素人が裁ける(さば)ものじゃないだろうみたいなこと言ってた」

「本当のところ裁判官だってどうかと思っているんじゃないですか」と大前が三人をうかがう。「素人に一から説明しないといけない。苦労して説明したとしてもすべてを理解してもらえるとはかぎらない。それでもやる意味は？」

聞き捨てならないと富樫が口を開いた。

「いいですか、みなさん。国民の司法参加のために裁判員裁判はあるんです。立法、行政は選挙という形で国民が参加。司法もそうあるべきですよ！」

富樫の裁判熱に水をかけるように西園寺が言った。

「建前だよな」

渚と清美が西園寺に賛同する。

「私も同感」

「そうよね。裁判官だけでやるべきですよね」

黙って皆の意見を聞いていたみちおが、「あのさ」と口を開く。すかさず坂間が言った。

「みなさん、今から突拍子もない発言をしますが、とりあえず聞いてください。入間みちおの甥っ子トークです」

「うちの姪っ子がさ」

「め、姪っ子!?」

肩透かしを食らった坂間にニコッと笑い、みちおは続ける。

「意味が全く正反対のことわざって、どっちが正しいのって言うんだよ。三度目の正直と二度あることは三度ある。善は急げと急がば回れ。好きこそものの上手なれと下手の横好き。当たって砕けろと石橋を叩いて渡る――どっちが正解だと思う?」

意図がまるでわからず、戸惑いながら渚が尋ねる。

「あの……なんの話ですか」

「育ちも環境も違う人間だからこその正しさがあるでしょ。その立場ならではの正しさが。みなさんが思ういろんな正しさから、真実を見極めるのが裁判員裁判だと思うな」

「判例に縛られ、形だけで刑を決めがちな刑事裁判において、柔軟に判決を下すためですね」と駒沢が補足する。

「単独審のとき、僕は脳内でひとり裁判員裁判やってるよ」

「しんどい、キツい……それはきっと被告人の心に触れたからじゃないでしょうか」

坂間の言葉に、裁判員一同はハッとする。

「人は矛盾(むじゅん)している。割り切れない。善人にも悪意はある。悪人のなかにも善意はある。決して一色には染まらない。被告人の気持ち、知りたいと思いませんか……?」

しばしの沈黙を破ったのは、意外にも清美だった。

「知りたい、私」

清美をきっかけに、「俺も」「私も」と後ろ向きだった田部や理沙子も態度を変える。

唯一思案顔だった渚が尋ねた。

「でも、今ある証言や証拠だけで判断がつかないとき、どうするんですか」

「そういうときは」

駒沢に重ねるように、みちおと坂間が声を合わせる。

「職権発動」

「キター。ハモって、職権発動!」と富樫は感激してしまう。

「職権って……?」

渚の問いに、富樫が得意げに答える。

「裁判所主導であらためて捜査を行うんです」

裁判官がそこまでするの!?

「今回は裁判員裁判です。議論して必要だと思った捜査を、検察官、弁護人に依頼しましょう」と驚いている裁判員一同を駒沢が安心させる。

だったらと田部が言った。「俺はもっと被告人のことが知りたいな」

「それを言うなら、被害者のほうも」と清美が言い、理沙子もうなずく。

「やっぱりなんで赤の他人に遺産を残そうと思ったのか、気になります」

「そもそも被告人と被害者の接点って、偶然家政婦として働きはじめたことだけなのかな」と渚が新たな疑問を投げかける。

最年少のお嬢さまとあなどるなかれ、第一回公判でも感じたがこの子の着眼点はなかなかに鋭いと坂間は思う。

「私が気になるのはホームセキュリティの映像ですよ」と今度は最年長の大前が発言する。「被告人が被害者を突き飛ばした瞬間は映っていない」

「状況証拠じゃない確証が欲しいですね」と西園寺。

「最大のミステリーは……」と芝居がかった口調で早苗が言う。「被害者が死にかけているのに被告人はなぜ何もせず佇みつづけたのか」

「そうだ」と田部もうなずく。「普通やっぱり助けようと思うはずだ」

「じゃあそれら全部、調べ直してもらおう」

軽く言うみちおに、坂間が苦笑する。

「結構なムチャブリですが」

「ムチャブリしてみようよ。えいっとね」

みちおは裁判員たちにニカッと笑ってみせる。

*

第三回公判終了後——。

評議室に入った坂間は資料を用意している石倉に声をかけた。

「石倉さん、そろそろ自主的な私の送り迎え、いいですよ」

「え……」

「もう誰かがつきまとっている感じ、ないですし」

「油断大敵。やりますよ」頑(かたく)なに言い張ったまま、石倉は評議室を出ていく。

「あの検察官の若い方、独身かしら？」

「声いいですよね」

すっかりお気に入りになった井出を話題に清美と理沙子が盛り上がっている。

「ムチャブリして、いろいろ見えてきましたね」とそれぞれの席に着いた裁判員たちを見回し、みちおが満足そうに言う。

井出と城島はホームセキュリティの映像を徹底的に鑑定し直したのだ。

その結果、画面には映ってはいないが事件直前の音声を拾い上げることができた。被害者が転落する直前に、「やめて、離して」という声と「許さない！」という声が残されていた。前者は被害者、後者は被告人の声だった。

しかし、それに関する検察からの質問に対して、梓は黙秘を貫いた——。

「やっぱりクロなんだよ、クロ」

ふたたび手のひら返しの田部に、「一周回って戻ってきた」と富樫はあきれる。

「いさぎよく自供すれば、罪は軽くなるのに」

理解できないという口調の西園寺に、「それわかっていて、黙秘してるんじゃ？」と清美が返す。腕組みしながら田部もうなずく。

「有罪になっても守りたいモンがあるってことだ」

渚は気になることがあるのか、黙って何かを考えている。

「弁護人が言っていた被害者の事件前の異変、気になりませんでしたか」

理沙子の問いかけに、「ザ・ミステリー！」と食いついたのは早苗だ。「謎が謎を呼ぶ話ですよね」と目を輝かせる。

弁護人の辰巳が証人として呼んだのは被害者の知人だった。彼女は事件の一か月前に優香と一緒に食事をしたのだが、テレビから流れてきたニュースを見て、突然過呼吸を起こしたというのだ。

長野県の山林で起きた土砂崩れによって身元不明の男性の遺体が発見されたという内容で、現在殺人の疑いで警察が捜査中だという。

さらに身元不明の男性が所持していたライターは、とあるクラブの記念品として配られたものだったのだが、そのクラブの女性オーナーが被害者が亡くなる一週間前に彼女のもとを訪れていたというのだ。

「クラブの女性のほうはただの知り合いだと答えていますが、明らかに妙です」と坂間が裁判員たちの思いを代弁し、駒沢が整理する。

「身元不明の遺体が所持していた記念のライター。警察は当然、クラブの女性オーナーに話を聞きに行った。その直後に被害者に会いに行ったということですね」

このことが今回の事件とどうつながっているのか……。

被害者の優香と被告人の梓は単なる雇用主と家政婦などではなく、その背景には複雑にからみ合った関係性があり、それが事件の根幹となっている。

今はまだ見えてきていないその関係性を明らかにすることが、この事件の謎を解く手がかりになる。

みちおの指示で浜谷と糸子も動いていた。びっしりと文字が書き込まれたホワイトボードをふたりが評議室へと運び込む。

「被害者と被告人について、みっちり調べ上げた年表です」

「関係者にあれやこれや聞いて調べ尽くしました。どれだけ大変だったかわかりますか」

みちおと駒沢がふたりに礼を言う。

「ありがとう」

「お疲れさま」

男性裁判員たちがハッとなり、「助かります」「ありがとうございます」と次々にふたりに感謝の言葉をかける。

その姿に理沙子が微笑んだ。

「響いていたみたいですね。女は言葉が欲しい」

一同は席を離れ、ホワイトボードの周りに立った。

優香と梓の年表を見比べ、「あれ?」とみちおが声を発した。

「どうしたんですか」と坂間がうかがう。

みちおはマジックを手に取ると、優香のある出来事と梓のある出来事を線で結んだ。

周りを囲んだ一同はハッとなる。

梓の娘の沙耶（さや）は火災時の一酸化炭素中毒で脳死状態となり、事故から三日後に亡くなった。優香の娘の希美が心臓移植を受けたのが、ちょうど沙耶が亡くなった日なのだ。

「この点と点は偶然？　それとも必然？」とみちおが皆に問いかける。

渚は惑（まど）いのなかにいた。

すべてが自分の想像通りだとしたら、あまりにも哀しすぎる……。

みちおの言葉を受け、「すぐに調べてもらいます」と浜谷と糸子が評議室を出ていく。

すでに午後五時を過ぎていることに気づき、駒沢が言った。

「みなさん、今日のところは帰っていただいて結構ですよ」

「いや、なにかわかるならもう少しいます」と田部が言い、だったらとほかのみんなも残ると言い合う。

そのとき、「あの……」と渚がおずおずと口を開いた。

「？……」

「私、降りてもいいですか、裁判員」

「は!?」

この裁判にもっとも積極的に関わっていたように見えた渚の突然の離脱宣言に、裁判員一同は驚いてしまう。

「なんだよ、急に！」と少し怒り気味に田部は言った。

「降りたい、降りたいって言っていた私を止めてくれたのはあなたじゃないですか」と理沙子も困惑したように渚を見る。

「もうすぐ真実がわかるかもしれないのよ」と清美は翻意をうながし、「何か理由でもあるんですか」と大前が尋ねる。

西園寺は「理解できないな」と吐き捨てるようにつぶやいた。

しかし、渚は黙ったままだ。そんな渚に向かって、駒沢が言った。

「裁判で被告人の人生に触れると他人事とは思えなくなります。しかし、いかなる事情があろうと真実を持って裁かなければいけない」

ようやく渚が口を開いた。

「……残酷な真実もありますよね」

「ええ。時として事件関係者に恨まれることもありますよ」

「……」

ふたたび考え込む渚に、みちおが言った。

「裁判員の意見は裁判官と同じ重みを持つ——その重みを背負えなくなってもいいんですよ」

「……すみません」と渚が頭を下げる。「覚悟を持って裁くことができません」

「わかりました」

落ち込んだ様子の渚に坂間が声をかける。

「よかったら、傍聴席で見守っていてください」

坂間にうなずき、「途中で抜けてごめんなさい」と皆に謝ると、渚は評議室を出ていった。一同は複雑な思いで閉じられたドアを見つめる。

「補充裁判員一番の方が加わることになります」

駒沢が冷静に皆に告げ、「はい」と早苗がうなずいた。

「覚悟か……」と西園寺がつぶやく。「たしかに必要なんだろうな。考えれば考えるほど人が人を裁くって大変なことだな」

「後悔したこととかないんですか」

「ありますよ」と駒沢は大前にうなずいた。「取り返しのつかない後悔が。だから今も続けています。続けないといけない——」

坂間はチラとみちおをうかがう。駒沢の思いはみちおにも通じるものだろう。みちおは裁判員の皆と同様に真剣なまなざしを駒沢に向けている。

「それに自分が経験した後悔を伝えることができる」

駒沢は息をつき、「さて」と話を変えた。「次の公判のプラン、考えておきましょう」

「うーん……みなさんは被告人とどう向き合ったらいいと思いますか」

みちおに続いて、坂間が言った。「裁判所主導の捜査で見えてきたもの、それを法廷で明らかにしても被告人は黙秘を続けるかもしれない」

「被告人の心の鍵を開けるにはどうしたらいいか。どの鍵を差し込めば、心は開くのか」

みちおの問いかけに、いち早く清美が反応した。

「被害者の娘さん……」

裁判員一同がうなずく。

「じゃあもう一度、被害者の娘さんを法廷に」

＊

第四回公判——。

満員の傍聴席のなか、渚の姿がある。

証言台に立つ少女を見つめるその目は、切なく苦しげだ。

「桐島希美さん」とみちおが切り出した。「事前に了承いただいたようにあえてこの場でお話ししますが、あなたの心臓は被告人の亡くなった娘、高見沙耶さんの心臓でした」

初めて明かされた情報に、法廷はざわつく。いっぽう、希美にはまるで動揺は見られない。辰巳がこの事実を告げたときも、冷静に受け止めていたという。

みちおに代わって坂間が続ける。

「臓器移植においてドナーとレシピエントは、個人情報保護の観点から素性を知らせない。ただ希美さん、移植で救われたことを感謝し、新聞に投稿しましたね。それを被告人は見たんです。小児心臓移植は多くない。時期的に被告人は我が子の心臓は希美さんに移植されたと気づいた。そして、あなたのお母さんに頼んで会いに来たそうです」

「……」

「この事実を知って、どう思いましたか」

みちおの問いに、「驚きはありませんでした」と希美ははっきりと答えた。

「高見さんは私に亡くなった娘さんのことを重ね合わせていた気がしたので。高見さんが黙っているのは、ドナー側とレシピエントの接触が禁じられていることもあると思います。でもそれ以上に娘さんの身代わりで私に近づいたと思われたくないからだと思います。私はそれでも、高見さんを家族のように思っています」

希美の最後の言葉に、梓の心のなかにある決意が生まれていく。

「検察官、事件一か月前、長野県の山林で見つかった身元不明の男性の件、話してください」と駒沢が井出をうながした。

「診療記録の歯型が一致したことから男性は桐島重利氏。被害者の元夫であり、桐島希美さんの父親でした」

法廷が騒然となるなか、しかし希美は動じない。

「私はどんな真実でも受け止めます」

顔を上げ、真っすぐに前を見つめる希美の姿を見て、梓は覚悟を決めた。

証言台に立った梓にみちおが尋ねる。

「黙秘を続けますか、それとも真実をあなたの口から話しますか」

傍聴席から希美が祈るような瞳で見つめている。

梓の口がゆっくりと開かれた。

「憶測で捻じ曲げられたくありません、桐島優香さんの思いを」

「……」

「あの日、私は予定より早く桐島さんの家に行った」

梓の脳裏に優香との会話がよみがえる。

三階のバルコニー、柵に背を向け、優香は立っていた——。

「優香さん、最近様子が変ですよね。水くさいじゃないですか。何か悩み事があるなら私を頼って——」

梓をさえぎるように優香は言った。

「すべては手紙であなたに伝えようと思っていた。でも、私の口から話す」

「優香さん？」

「聞いたことはあなたの胸にしまっておいてほしい。希美のもうひとりの母親として」

「……」

「あなたが希美を我が子のように愛し、希美もまたあなたを慕っている。あなたになら託すことができる。あなたに遺産を残している」

「!? 一体、なにを言ってるん——」

「桐島重利」

「え……」

「希美の父親よ。世間知らずの私はあの男に騙されて結婚した。気づいたときには、勝手に会社作って、勝手に借金して、さらにお金を必要としていた。今から十三年前、長野の別荘に呼び出されて、彼に渡されたものを口にして、私は殺されかけた」

「!?」

梓は優香の回想を淡々（たんたん）と語っていく。

「それには分からないように小麦が使われていた。彼女には重度の小麦アレルギーがあるのを知って、事故に見せかけて殺そうとしたのです。まだ幼く心臓の弱い希美ちゃんのことも、彼にとっては好都合だった。優香さんと希美ちゃんが死ねばすべてのお金を自分のものにできる」

自分の実の父親の卑劣（ひれつ）な姿があらわになっていくというのに、希美は驚くほど感慨がなかった。

記憶にもないそんな男のことなど、どうでもよかった。

「希美ちゃんのことを考えたら死ぬわけにはいかなかった。優香さんは発作を起こしながらも、隙（すき）を見て相手を殴りつけて、別荘を飛び出したそうです。でも途中で気を失った。道端で倒れている優香さんを偶然見かけた人が病院に連れていき、助かったそうです。数時間後、彼女が別荘に戻ったら、桐島重利は倒れたままだった。でも、まだ息はあった――」

語りながら、梓は優香を看取ったときのことを思い出す。

彼女もまだ息があった。

命の最後の灯をともしながら、私に願ったのだ――。

「そのまま放置した。彼が息を引きとるまで――。遠くの山林に埋めて、失踪したように見せかけた。捕まるわけにはいかない。私には希美がいると言い聞かせて生きてきた」

優香の告白がどこに向かおうとしているのかわからず、梓の不安はどんどん大きくなっていく。

「でも、もう逃げ切れない。遺体が発見された」

「!?」

「まだ身元はわかってないけど、時間の問題……。当時夫が交際していたクラブの女性が訪ねてきた。その店のライターが遺体のポケットにあった。それで警察が来たって。彼女、カマをかけてお金を要求してきた」

「自首しましょう」

優香は力なく首を振る。

「前を向いて生きはじめた希美を苦しめたくない。あの子の笑顔を守りたい」

「……」

「自分の父親を母親が殺した。残酷な事実を知ると同時に殺人者の娘にもなってしまう。でも今なら、真相は藪のなか――」

「え……」

「希美をお願い」

優香が壊れた柵のほうへと歩きはじめる。「ダメ！」と梓がその手をつかんだ。「死ぬなんて……許さない！」

「やめて！　離して！」

梓を振り払い、優香は柵に体を預けた。

次の瞬間、梓の視界から優香が消えた。

「！」

下を見るのが怖く、梓はすぐにその場を離れ、中庭へと走った。

頭から血を流した優香が仰向けで倒れている。

閉じられていた目がうっすらと開いた。

「すぐに救急車を呼び――」

あえぐような荒い息の下で、優香が言った。

「やめて、お願い」

「!……」

「お願い……」

命を懸けた願いの前に、梓はぼう然と立ち尽くす。

優香さん……。

そのとき、「桐島さん……!?」と配達員が中庭に入ってきた。倒れている優香に気づき、

「どうしたんですか」と駆け寄ってくる。

優香は梓に向かって懇願しつづける。

「希美を……助けて……お願い……許して……」

優香の言葉に全身がからめとられたように、梓は動けない――。

すべてを告白し終えた梓に向かって、みちおがゆっくりと法壇を降りていく。

「あなたは桐島優香さんの最後の願いを受け入れた。そして、あなたもまた希美ちゃん

に真実を知らせたくなかったんですね。もうひとりのお母さんとして」

　梓はみちおに小さくうなずく。

「最後にお聞きします。助けを呼ぶべきだったと思いますか。それともそのまま死なせてあげてよかったと思いますか」

「わかりません」

　つぶやくようにそう言うと、梓はすがるようにみちおを見つめた。

「私はどうすべきでしたか？……教えてください」

「……」

＊

　第五回公判。判決――。

「判決を言い渡す前に、裁判員から被告人に話しておきたいことはありますか」

　みちおに応え、最初に手を挙げたのは清美だ。

「私はそれでも助けを呼ぶべきだったと思います」

「私もそう思います」と理沙子が続く。

「俺はあなたと同じ立場なら同じ行動をとった」

田部が証言台に立つ梓を励ますように声をかける。

「私も同感です」と大前が賛同を示す。

「僕はわからない」

そう言ったのは西園寺だ。

「私もどちらが正しいのか、答えが出せません」

小説のネタにと興味本位でしかなかった最初の頃とは打って変わり、早苗は真摯に梓に伝える。

裁判員それぞれの答えを、傍聴席で渚が聞いている。

職務を全うすることはできなかったが、他人の人生にこれほどまで真剣に向き合い、考えたことはなかった。

それは痛みと苦しみをともない、自分の弱さに打ちのめされるきつい経験だった。しかし、恵まれた人生を送ってきた自分には得難い経験でもあった。

渚は裁判員に選ばれたことに心から感謝した。

裁判員たちから梓へと視線を移し、みちおが語りはじめる。

「正しかったのか間違っていたのか——その答えは、これからあなたが自ら見つけていくことだと思います」

「……」

「では、真実をもって判決を言い渡します」

傍聴席の人々が皆、梓を見つめるなか、左隅に座った眼鏡姿の若い男性だけがじっと坂間を見つめている。

「主文、被告人を懲役一年に処する。この裁判が確定した日から三年間この刑の全部の執行を猶予する——。理由ですが、被告人の行為は殺人ではなく、自殺ほう助にすぎないと判断しました」


長かった裁判を終え、評議室に戻った裁判員たちは、晴れ晴れとした表情で興奮気味に語りはじめる。

「いや、やれてよかったよ、俺」と田部。

「ええ」と清美がうなずく。「なにか視野が広がった感じ」

感慨深く理沙子がつぶやく。

「いろんな正しさってあることに気づかされた」

「事実は小説より奇なりだった」と早苗は創作意欲に火がついたようだ。

これも人生経験と軽い気持ちだった西園寺は、思った以上に充実した時間を過ごせて驚いていた。「またやってみたいな」と本音が漏れる。

最後のほうは思い切り梓に感情移入していた大前は、「被告人のこと、忘れられそうにないな」とポツリ。

そんな一同に向かって駒沢が言った。

「判決によって被告人が前を向いて生きてくれたらと願っていますが、必ずしもそうなるとはかぎらない――何年やっても人を裁くことは難しいですよ」

いっぽう、みちおはテーブルにも着かず、落ち着きなく室内をウロウロしている。

「入間君、なにか気になってますか？」

「やけに坂間さんのことを見ている傍聴人がいたんですよ」

「ファンじゃないですか」

富樫に言われ、みちおは首を振った。

「どっちかというと恨みがましい目でじっと……ちょっと気になるんだよな。どっかで見た気がして」

みちおは歩き回りながら考える。ふと眼鏡を拭いている西園寺を見て、ようやく思い至った。「あ、眼鏡だ」

「？……」

「千鶴も見守る会」とみちおは富樫を振り向いた。「坂間さんの説諭に誹謗中傷の書き込みをしていた人いたじゃない」

「ええ。ちょっと異様でした」

「それで気になって、坂間さんが単独で扱った公判資料見たんだよ。今日、傍聴席から見てたの、集団カンニング事件の被告人だ。眼鏡かけてたから気づかなかった」

ずっとつきまとっていたのがその男だとしたら……。

そういえば、まだ坂間は評議室に来ていない。

みちおは部屋を飛び出した。


裁判員に渡す記念品の入った紙袋を持った坂間が、評議室へと急いでいる。階段を下りようとしたとき、若い男が物陰から飛び出してきた。

突き出された手から慌てて身をかわしたが、バランスを崩し、倒れてしまう。床に腰を落としたまま、坂間は男を見上げた。

「あなたは……」

見覚えのある顔だった。集団カンニング事件の被告人のひとり、藪下健斗だ。

「偉そうに説教しやがって。何様だよ!!」

悪意のこもった視線を向けながら、藪下が迫ってくる。恐怖で坂間は動けない。じりじりと後ずさったとき、右手が何か触れた。

みちおにもらった烏天狗のカーカー君だ。転んだ弾みで落ちたのだろう。坂間は反射的にお腹のブザーを押した。

「カーカー」と大きなカラスの鳴き声が階段に響いていく。

しかし、藪下はひるむことなく逆に怒りを強くした。

「エリートだからって上から目線で、そこから転げ落ちろ!!」

藪下が坂間を突き落そうとしたとき、「坂間さん!」とみちおがふたりの間に入った。坂間へと伸ばした藪下の手に突き飛ばされ、みちおは頭から激しく転倒した。

「入間さん!」

そこに警備員を連れたイチケイの面々が駆けつけた。警備員が藪下を取り押さえ、坂間は倒れているみちおに叫んだ。

「入間さん、しっかりしてください!」

皆が心配して待つなか、ようやくみちおと坂間が刑事部に戻ってきた。

「みちおさん、お医者さんはなんて？」

「大丈夫」とみちおは石倉に笑みを返し、「でっかいタンコブできたけど」と後頭部をさすってみせる。

一同は安堵の息を漏らした。

「裁判員の方、心配してたから無事だと連絡しておきます」と糸子がデスクのほうへと戻っていく。

「犯人は警察に引き渡しました」と駒沢がふたりに報告する。「集団カンニングは、貧しい家庭で育った子たちが現状から抜け出したくてやったことだそうですね」

「努力しても突破できないことはあるってわめいてた」と浜谷がやるせなさそうに言う。

「完全な逆恨み。怖い、怖い」と川添は冷めた口調で片づける。

坂間はあらためてみちおに頭を下げた。

「本当にありがとうございました」

「人を裁くって、ホント難しいよな。でも、だからいい。簡単じゃないからね」

そう言って、みちおは坂間を見つめた。

「……なんですか。心配してくれているんですか」

「……」

「こんなことぐらいで私は日和ったりしません。裁判官の仕事は恨まれることもある。覚悟しています。いや、あらためて覚悟ができました」

「なら、よかった」

「え……」

「坂間さんがどんな裁判官になっていくのか、楽しみだから」

屈託のない笑顔を向けられ、坂間は戸惑ってしまう。

あれ……？

坂間の複雑な心中にはまるで気づかず、石倉は決意を新たにする。

「次なにかあったら僕が必ず、千鶴さんを――」

それぞれが帰り支度を始め、坂間も自席に戻る。デスクの上のカーカー君をぼんやりと眺めているとスマホが震えた。着信したのは絵真からのメッセージだ。

『その後、入間さんとはどう？』

すぐに坂間が打ち返す。

『どうもこうもない。入間みちおがなにを考えているのかわかったと思ったら、またわからなくなる――思った以上に理解できない。振り幅が大きい』

『とりあえずお姉ちゃん、入間さんをご飯に誘ってみたら？』

ワケのわからない返しに、即座に『なんで？』と打ち返したとき、「坂間さん」と声をかけられた。

「はい」

振り向くとみちおがニコニコ笑っている。

「ご飯、一緒に行く？」

「……」

「ん？　ご飯食べに行こうよ」

「はい……」

10

新築家屋の小さな庭にみちこを連れたみちおがいる。みちこの前にかがみ、愛おしげに体を撫でているのは青山、その横には青山の母の上川多恵もいる。

「みちこ、弟と妹が産まれたんだよ」

「もうすぐ動物病院から戻ってくるからね」

青山と多恵に応えるように、みちこがひと声、「ワン」と吠える。

「めでたいし、特上寿司でもとろうか。入間さんも一緒にね」

「いいんですか」

顔をほころばせるみちおに多恵は言った。

「だいてやる」

「えっ」

「ドンとだいてやるから」

「や……」

「なに動揺してんの」と青山が笑う。「『だいてやる』は富山の方言。『奢ってやる』っていう意味」

「あ、そうなの」

ホッとするみちおに多恵が言った。

「こっちに来たのは五年前。なかなか方言が抜けなくてね」

「それにしてもさ」とみちおは青山を振り返った。「瑞希、すごいな。お母さんにこんな立派な家プレゼントして。儲けすぎでしょ」

「私はもっと別のプレゼント欲しいのよね」

ため息まじりにつぶやく多恵に、青山が返す。

「あきらめて、それは」

「入間さん」と多恵は矛先をみちおに変えた。「正直なところ、うちの娘をいつもらってくれるの？」

「じゃあ、いっそ今日とか」

「勘弁して」

「ね、こういう関係なんですよ。正直なところ」

「どういう関係よ」

あきれる多恵に、みちおと青山は顔を見合わせ、笑った。

多恵の新居を辞したみちおがみちこを連れ、家路をゆく。送りに出た青山が隣を歩く。堤防をさわやかな風が吹き抜け、心地がいい。

落ちていく夕陽にまぶしそうに目を細めながら、青山が言った。「今度、ちょっとレアケースの国選弁護人を担当する。またイチケイに通うことになるから」

「瑞希が国選弁護人ってこと自体、レアでしょ」

「事務所立ち上げるのよ。企業法務だけじゃなく国選弁護もやっていくつもり」

「金儲けもするし、お金にはならないけど弱い立場の者を守るために弁護もする」

「ブレてるよね」

「瑞希らしいよ」

はにかむように微笑み、「そうそう」と青山は話題を変えた。「みちこのきょうだいの名前、みちおが決めてね」

「なんて名前にしようか」とみちおがみちこをうかがう。

大きな犬を連れ、仲むつまじげに歩くふたりはお似合いの夫婦か恋人同士にしか見えない。そんなふたりを、少し離れた木陰からカメラのレンズが狙っている――。

みちおが子犬の写真を見ながら、「うーん、どうしよう、名前」と書記官席の前をウロウロしている。

デスクに飾ってある三つ子の写真に目をやり、「私も悩んだな」と浜谷がつぶやく。

「名前は我が子への最初のプレゼントだから」

「今は『しわしわネーム』が流行ってるんでしょ」

糸子の言葉に、「しわしわネーム?」と川添が反応する。

「昭和っぽい古風な名前」

「僕の名前もある意味そうかも」と石倉が言い、「たしかに」と糸子がうなずく。

ルックス的にはキラキラネームのほうがハマりそうだけど、文太だもんなぁ。

そこに、「名は体を表す」と坂間が会話に入ってきた。「どういう名前をつけるかは大切ですよ。性格に影響します」

「え、ウソ」

「ホントです。その名前を周りから呼ばれ、自分でも名乗る――。潜在意識にまで作用し、名前のような人間になっていくと言われています」

「そういや、みちこはどことなくみちおさんに似てきた気がする」と石倉が言い、「自由気ままで我が道を行く感じがね」と浜谷もうなずく。

入口のほうから、「お荷物ですよ」と声がして、糸子が受けとりに向かう。すぐに荷物を抱え、戻ってきた。

「入間さん、三重県からのふるさと納税の返礼品ですよ」

「おう。お楽しみ海鮮セットなんだよね。なにが当たったかな」

保冷箱を開けると、なかには冷凍された伊勢エビが数匹入っていた。

「うわ、大当たり！」と糸子のテンションが上がる。

箱の中身をじっと見つめていたみちおが言った。

「名前の由来知ってる？　伊勢エビの」

「伊勢でとれるからでしょ」となにを当たり前のことをという顔で川添が答える。

「見た目が武士の甲冑(かっちゅう)に似て威勢がいいから伊勢エビになったっていう説もある」

「詳しいですね」と糸子は感心。

「みんなにあげる、全部」

一同は驚き、いぶかしげなまなざしをみちおに向けた。

「ん、なに？」

「なにか裏がありますか？」と浜谷がうかがう。

「苦手なんだよ、伊勢エビ」

そう言って、みちおは輪から離れた。

「名は体を表すね……迷うな」

そこに駒沢がやってきた。

「レアケースの案件が上がってきました。合議制で審理します」

「もしかして瑞希が言ってたやつかな」

つぶやきが聞こえ、坂間がみちおに目をやる。

「傷害事件。被告人は名無しの権兵衛(ごんべえ)です」

「は⁉」

東京地検第三支部の自室で、むずかしい顔をした井出が起訴状をにらんでいる。デスクの横に立った城島が言った。

「珍しいよな。被告人、名無しの権兵衛」

氏名不詳(ふしょう)、本籍不詳、住居不定、職業不詳――起訴状には顔写真が貼られているが、それ以外の情報は一切(いっさい)記されていない。年の頃は六十代後半から七十代前半というところか。生活環境から考えると、もっと若い可能性もある。

起訴状から顔を上げ、井出が言った。

「安保闘争の頃はよくあったそうですね」

「俺もさ、その案件担当したいんだけど、どうしても俺が必要だって言うんだよ、特捜が。結局、まだ何も解明できていないからな」と城島は手にした新聞をデスクに置く。

『検察の深い闇』という見出し記事には、東丸電機殺人事件で犯人隠避の罪で逮捕された元検察次長・中森雅和がいまだ黙秘を続けていることが書かれていた。

「遅咲きの春だ。中森に噛みついて骨があるヤツだって認められたのかな」

「そうじゃないですか」と井出が面倒くさそうに返す。

「権力に屈しないヤツだって思ったのかな」

「よかったじゃないですか」

「検察の腐敗を一掃し、威信を取り戻すことを期待――」

「さっさと行ってください」

「あとは任せた！」と弾む足取りで城島が出ていく。

苦笑しながら息をつき、井出はふたたび起訴状の顔写真に視線を落とした。

＊

第一回公判——。

弁護人の青山が斜め後ろから被告人の横顔をじっと見つめている。視線を感じたのか、被告人が振り返った。青山は慌てて目をそらす。

「ん？」

みちお、坂間、駒沢が入廷し、「起立」と川添が声を発した。

裁判長席に着き、みちおが開廷を宣言する。

続いて被告人が証言台に立った。

「起訴状に添付された写真で本人確認はできますが、素性が一切わかっていませんね。名前を教えてもらえませんか」

顔に薄い笑みを貼りつけたまま被告人が言う。

「勘弁してください」

「あなたに名前を言わない権利はないんですよ」と駒沢が注意する。判例では黙秘権に氏名は含まれていないのだ。

「弁護人にも素性を明かしていないんですか」とみちおが青山に尋ねる。

「はい。反省していないと判断され、減刑されにくいことを被告人に伝えましたが、過去は捨てたと」

「拘置所で物品を貸してもらえないでしょう」

「困ってるんです」と被告人が答える。「本を借りたいのに貸してくれないんですよ」

「教えてくれませんか。名前は大事ですよ」

「名無しの権兵衛でいいです。それかカンちゃん」

「カンちゃん？」

「麻雀でカンすると結構な確率でドラが乗るんですよ。だから仲間にそう呼ばれているんです」

「……ダメだ、こりゃ」と川添がつぶやく。

「被告人で行きましょう」とみちおに進言し、坂間は青山へと視線を移した。

それにしても企業法務のスペシャリストの青山さんがなぜ名無しの権兵衛の弁護を？

みちおにうながされ、井出が起訴内容を述べていく。

「令和三年三月二十二日午後五時頃、東京都稲城市押立二丁目二番四号付近の河川敷にて被害者・朝倉純、当時十七歳に対し、スパナで同人の胸を殴打する暴行を加え、もって同人に全治約一か月半を要する外傷性気胸・肋骨骨折の障害を負わせたものである。罪状および罰条、傷害。刑法第二〇四条」

「検察官の述べた起訴事実に間違いはありますか」

「はい、間違っています」と被告人は落ち着いた声音で言った。「嘘ですよ、それ」

「……」

「私みたいなじいさんが育ちざかりの若者とつかみ合いになったら、一発でノックダウンですよ」

「あなたが何者かわかっていません。武術の心得があるのかもしれない」

「嘘が嫌いなんですよ、私。言ってること、本当ですよ」

書記官席で浜谷がボソッとつぶやく。「嘘が嫌いって……」

「なら、本当の名前言おうよ」と川添が小声でツッコむ。

「弁護人のご意見は?」

「同意見です。氏名不詳であることと事件に関連性はないと考えます」

青山はきっぱりと言った。

「被告人は無実です」


もともとの発端は、河川敷で暮らす被告人らホームレスたちへの投石事件だった。被害者の朝倉純、同級生の坂口剛（さかぐちごう）ら五名の高校生が、バーベキューを楽しんでいた被告人たちに石を投げつけたのだ。

逃げる少年たちを被告人が追いかけ、純を捕まえた。純の手を取り、自分の心臓に当て、被告人は言った。

「この音を忘れないでくれ。もし間違っていると思ったなら、その気持ちに嘘をついちゃダメだ」

「……」

しかし、ふたたび投石事件は起きてしまった。

注意されたことに腹を立てた少年たちは、今度は石だけではなくレンガやスパナなども投げ、被告人のホームレス仲間の小松洋次が頭にケガを負った。

被告人はその場にはいなかったのだが、事情を聞き、少年たちを探した。

「そして被害者を見つけ、揉み合い、相手が所持していたスパナを奪い、胸を殴打した。被害者は肋骨が折れて命の危険にさらされるほどの重傷を負った」

井出の説明を聞き終え、「裁判所からもよろしいでしょうか」とみちおが口を開いた。

「被告人は路上生活者なんですね」

「違います、ニュアンスが」

「?……」

「言うなれば積極的路上生活者――ポジティブホームレスです」

キョトンとするみちおら裁判官を見て、被告人は言った。

「いや、いいです。わかんないでしょうし、理解できないと思いますから」

「裁判長、審理を続けてください」と青山がうながす。

「でも気になりますね、ポジティブホームレス……」

「詳しく聞いてみましょう」と坂間も乗っかる。

「うれしいなぁ」と被告人は破顔した。「聞いてくれるんですか」

「あなたのことを少しでも理解したいですから」と坂間が返す。

「いつもはキャンプしている感じなんですよ。モノを持たないシンプルライフ。基本、地球が家」

「……地球を家にしちゃってるよ」と川添がボソッとつぶやく。

「毎日の食事はどうされているんですか」

「ハトやネズミを食べています」

法廷全体が一斉に引く。

「冗談ですよ。河川敷で野菜を作っています。トマト、きゅうり、にんじん、大根には困らない」

「……それ、違法だけど」と浜谷がボソッとツッコむ。

「でも、生活費のメインはしじみですね」

「しじみ」

「そう、しじみ。川でとるんですよ。砂抜きをしっかりと行うんです。『カンちゃんのしじみ』といえば、個人だけでなく飲食店も買いにくる地元の人気商品です。ああ、それとホームレスって臭いイメージとかあるでしょ。でも清潔ですよ。風呂は無料入浴の施設に通っています。あと図書館で毎日、いろんな本を読んでいます。今はニーチェと山本周五郎にハマっています」

「何か楽しそうですね」とみちおは顔をほころばせる。

「毎日が夏休み。ポジティブホームレスは一度やったらやめられないですよ」

「ご家族はポジティブホームレスのことご存じなんですか」

駒沢の問いに、「それは……」と答えかけ、被告人はハッとした。「さりげなく今、私に家族がいるかどうか確かめようとしましたね。勘弁してください。ほかにお聞きになりたいことありますか?」

「夏の暑さや冬の寒さに耐えられないときは?」

みちおの問いに、「安宿で——」と答えようとした被告人を青山がさえぎる。

「裁判長! 事件についての話に戻しましょう」

「安宿っていくらぐらい――」

「裁判長！　審理を」

みちおをたしなめると青山は被告人へと顔を向けた。

「二度目の投石を知って、少年たちを探した。そのときのことを話してください」

「河川敷の草むらに被害者の少年がいた。でも私が見たときには、胸を押さえて苦しんでいたんですよ」

「異議あり！」と井出が割って入った。「被害者はあなたにスパナで殴られたと明言しています。苦しみながらも自ら一一九番通報をした。救急車が来たとき、被告人が逃走したのも救急隊員が目撃しています」

被告人はみちおに向かって言った。

「朝倉純君、法廷に呼んでもらえないかな。放っておくと嘘ってのは心をむしばむから」

「被告人は嘘をついていないんですね」

「何度も言いますが、私は嘘が嫌いなんです」

傍聴席の富樫ら「みちおと千鶴を見守る会」の面々が興味深げにペンを走らせる。

『嘘が嫌いな名無しの権兵衛、いったい何者？』

公判を終えた一同が合議室へと向かっている。

「謎がてんこ盛りの案件だね」

「ええ」とみちおにうなずき、坂間は言った。「しかも名無しの権兵衛の弁護人を青山さんが担当しているのも大きな謎です」

青山は横目でジロッと坂間を牽制(けんせい)する。

「心読まない。みちお化してるよ」

「企業法務と国選弁護も扱う事務所立ち上げるんだって」

みちおが説明すると、「面白い試みですね」と駒沢が興味深げな視線を青山に送る。

「弁護料、天と地でしょ」

「二桁は違う」と青山は井出に苦笑してみせる。「でも民事だけでなく刑事もやれば、イチケイにからむことができる。仕事でもみちおに会える」

「でもって……さりげなく意味深発言」と川添。浜谷が坂間をうかがいながら、あおるように青山に尋ねる。「やっぱりふたりはそういう関係なんですか」

「一杯やらないと語れない。あ、そうだ。坂間さん」と青山は坂間を振り向いた。「今度一杯飲もう！　議題は入間みちお」

「は？」

「なんで僕が議題なの？」

合議室に入り、テーブルに着きながら青山が続ける。

「イチケイにからむとさ、弁護士としてメリットがあるのよ。九九・九％の壁を崩すでしょ。これ以上ない大アピールとなる。検察はイヤだろうけど」

「痛いとこついてきますね」と井出が複雑な顔で返す。井出自身、みちおらイチケイチームに影響され、従来の検察官の枠をはみ出しているという自覚はある。検察的には黒星がついたとしても優先すべきは真実を明らかにすることと思ってしまうのだ。

「この前の再審公判でもメディアに顔が売れて、タレント弁護士の話なんかも来てるぐらいなのよね」

「巧妙に真意を隠そうとしていると見受けられますが」と坂間がうかがい、「同感」とみちおがうなずく。

「考えすぎ。とにかく今回は勝算がある。被告人のアリバイを証明できるかもしれない」

「アリバイ？」と井出が顔色を変えた。

「気になるでしょ」

「話してみてください」と駒沢が青山をうながす。

「事件が起きた場所をA地点とする。被害者が一一九番通報したのは二〇時一分。そして被告人が二度目の投石事件を知ったのをB地点とする。B地点からA地点まで五分。そして被告人は事件を知る直前、B地点付近で知り合いと会った。実家が料亭で、しじみをいつも買ってくれる鷹和(たかわ)建設の人事部長、原口秀夫(はらぐちひでお)。四十五歳。原口はふたりの男性と一緒だった。被告人が立ち去るとき、彼らの『まだ八時ですか』『いい店があるんですよ。予約を入れますね』という会話を耳にしています。原口秀夫と一緒にいたふたりの身元を特定して、彼らに証言を求めます」

「それでアリバイが立証されるとは言い難い」と井出が反論する。

「彼らはその場で店の予約をした。店に正確な時間の記録が残っていれば、信憑(しんぴょう)性は増すでしょ」

合議を終えた青山はすぐに原口のもとへと向かった。しかし、原口は被告人と会ったことは認めたものの、その場にいたふたりの素性を明かそうとはしなかった。

*

朝、青山が裁判所に向かっていると、「おはよう」と声をかけられた。みちおだ。

「おはよう。名前決めた？　みちこのきょうだいの」

「まだ悩んでる。それよりさ、ズバリ聞くけど」

「名無しの権兵衛とどういう関係かって?」

「ワケありでしょ」

「深い理由がね」

「どういう理由?」

「実は亡くなった父は育ての父。被告人は血のつながった本当の父親よ」

軽い口調で言われ、「おっと」とみちおはリアクションに困る。

「予想してた?」

「一案として」

「冗談よ」

「そう言いつつ、本当だったりして」

笑い合いながら裁判所へと入っていくみちおと青山に向けて、物陰からカメラのシャッターが切られるが、無論ふたりは気づかない。

第二回公判——。
「弁護人、被告人のアリバイの立証はどうなりましたか」

駒沢に問われ、青山が答える。

「原口秀夫さんが一緒にいたふたりの素性を明かさず、証言に応じようとしません。引き続き交渉します」

「では証人尋問を」

みちおにうながされ、投石事件を起こした坂口剛ら四名の少年が証言台に立った。

「投石事件を起こしたのは朝倉純さん、そしてあなたたちですね」

井出の問いに、少年たちは「はい」と答える。

「犯罪行為だと自覚していますか」

「はい」とうなずき、剛は続けた。「皆サッカー部で、大会に負けた苛立ちをぶつけてしまいました。本当にすみませんでした」

四人は被告人に頭を下げる。

「二度目の投石でひとりの路上生活者にケガを負わせた。その後、あなたたちはどうしましたか」

「それぞれ散り散りになり逃げました」

「あとで事件が起きたことを知りました。純に聞いたら、説教されたヤツにやられたって」

証言する少年たちを被告人がじっとうかがっている。

続いて被害者の朝倉純が証言台に立った。青山が質問する。

「あなたにケガを負わせたのは、被告人に間違いありませんか」

「はい……」

被告人は真っすぐ純を見つめている。

「たしかに悪いことをしました。でも、あの人にスパナで胸を殴られたとき、死の恐怖を感じました。もしかして、ずっと僕だけを狙っていたのかも」

「どういう意味ですか」

「一回目に石を投げたあと、何度か登下校のときに見かけて……マークされている感じがあって」

「被告人は殴っていないと主張していますが」

「嘘をついています」

そのとき、唐突に被告人が口を開いた。

「嘘はダメだ」

「被告人は勝手に発言しないように」

駒沢の注意を無視し、被告人は席を立つ。

「それとも、ずっと嘘をつき通す覚悟があるのか？」

純に歩み寄る被告人を刑務官が慌てて取り押さえようとする。しかし、いとも簡単に投げ飛ばされてしまった。

法廷が騒然とするなか、被告人が慌てて言った。

「あ、ごめんなさい。体が反応して。いや悪気はないんです」

「裁判長、休廷を」

青山の要請をみちおは退ける。

「審理を続けましょう。証人は下がって結構ですよ。被告人は証言台に」

傍聴席に戻る純と入れ替わるように被告人が証言台へと進む。

「被告人、刑務官を投げ飛ばすとは強いですね」

「……」

「武術の心得があったんですね」と駒沢が問う。

「あ……いや、我流で。昔はひどい金貸しがいて、身を守るために」

すかさずみちおが言った。「借金取りに追われた過去があると」

「あ……ないない。今のは嘘です」

「嘘は嫌いなんですよね」

「嫌いです」

「被害者の少年に嘘はダメだと言うなら、あなた自身も嘘をついてはいけないんじゃないでしょうか」

「おっしゃる通りです」

「あなたが何者か、本当のところを話してもらえませんか」

「……勘弁してください」

そう言うと、被告人は口を閉じる。

その表情から強い葛藤がうかがえるが、それ以上に強い意志も感じられる。

沈黙を破ったのは坂間だった。

「裁判長、発言してもよろしいでしょうか」

「どうぞ」

「以前、妹に聞かれたことがあります。嘘にはいろんな嘘がある。いい嘘も悪い嘘も。いったい何種類の嘘があるのかと」

浜谷がつぶやく。「これって入間さんのお株を奪う……」

「まさかの妹トーク?」と川添がつぶやき返す。

「私の考えでは九種類以上はあると思います。悪事を隠す嘘。目的のための便宜上の手段である方便。相手を思いやるやさしい嘘。言い訳や言い逃れ。自己保身。経歴詐称など自分をよく見せようとする嘘。冗談。守れない約束を交わし、結果嘘になったり、悪意のない嘘もある。そのさまざまな嘘が、時として法廷では飛び交います。そして誰がどういう理由でどんな嘘をついているのか、我々は見極めなければいけない。いかなる理由があろうと、真実をもって正しい裁判を行うために」

この法廷のなかに少なからず嘘をついている者がいる。坂間の発言は、彼らの心にくさびを打った。

手応えを感じ、駒沢が言った。

「被告人と被害者のどちらが嘘をついているのか。あるいはどちらも嘘をついているのか。それとも予想外の人間が嘘をついているのか。そして、それがどういう嘘か――知る必要がありますね」

「裁判長」

坂間にうなずき、みちおは立ち上がった。

「職権を発動します。裁判所主導であらためて捜査します」

公判を終え、合議室に入るとみちおは切り出した。

「そもそもの謎――被告人が何者か調べてみよう」

「そう簡単にわからないんじゃない」と返す青山に、みちおは言った。

「いや、案外簡単にわかる気がするんだよな」

「青山さんも嘘をついているからですね」

「そう」と坂間にうなずき、みちおは青山に言った。「名無しの権兵衛の素性を君は詳しく知っている」

「だからさ、それは――」

「本当のことを君は話していない」

口ごもる青山を見て、川添がつぶやく。「図星みたいですね」

「青山さんと接点があるなら、いずれそこからたどり着けるでしょうね」と駒沢。

「だったら今すぐ真相解明のために話してください」と井出が青山に迫る。

「お断りします。被告人のアリバイの立証。そして真犯人が誰かわかれば、氏名不詳のままでも真実の解明はできる」

「公(おおやけ)にしたくないんだ」とみちおがうかがう。

「依頼人がそれを望んでいる。依頼人の利益を守るのが弁護人の務めよ」

「僕は裁判官として知る必要があると思うな」

「……」

「そこにこの事件の根幹が関わっている」

みちおにうなずき、坂間も考える。

「だから被告人はそれを言わない。いや、言えない何かがある……」

青山はみちおを見つめ、言った。

「私は私のやり方で、依頼人を守る」

＊

翌日。駒沢、青山、井出、川添の四人は所在尋問のため原口の勤務先の鷹和建設を訪ねた。しかし、原口は長期休暇をとっていると門前払いされてしまう。

「至急連絡をとってください」と食い下がる青山に、「無駄だ」と背後から声がかかる。

一同が振り返ると、城島がいた。

「ヤツは雲隠れした」

城島の横にいるのはコンビで動いている東京地検特捜部の最上理子（もがみりこ）だ。

「おや、意外なところで」と駒沢が微笑む。

「それはこっちのセリフだよ。被告人、名無しの権兵衛がらみで原口を？」

「ええ」と井出がうなずいた。

「そっちは？」と駒沢が尋ねるが、「言えない」と城島はにべもない。

「じゃあな」と去ろうとする城島に青山が言った。

「ね、情報交換しない？　思わぬことがわかるかもよ」

城島は最上と顔を見合わせる。

ロビーに移動し、向き合うと城島が切り出した。

「まずはそっちから」

「三月二十二日、押立二丁目の河川敷付近で原口秀夫と被告人が会っている。原口は男性ふたりと一緒だった。原口に証言を求めようとしたら、このざまよ」と青山が肩をすくめる。

「ふたりの特徴、年齢は？」と最上が尋ねる。

川添が手帳を見ながら答えていく。「ひとりは細身で話し方に特徴のある五十歳半ば、もうひとりは高身長の六十歳前後の男性です」

最上と城島の表情が変わった。どうやら心当たりがあるようだ。

「裁判で証言して表沙汰になり、関係を知られるのを嫌がった……」

城島が最上にうなずく。

「ふたりの当日の行動を調べてみよう」

席を立とうとするふたりを、慌てて青山が引き留める。

「いやいやいや、それはないでしょ」

「……こっちも現時点でかなり憶測で動いている。言えないものは言えな――」

「なるほど。読めてきた」と駒沢がさえぎった。

「え……」

「鷹和建設は例の巨額脱税を行っていた大企業数社のうちの一社。しかも、もっとも脱税額が大きかった。その件でしょ」

「！」

「おっと、わかりやすいリアクション。ピンポーン」と川添が楽しげに言う。

「そして特捜が慎重に動いているということは、原口秀夫と一緒にいたうちのひとりは政治がらみの人間」

ふたたび城島の表情が変わる。

「はい、ピンポーンピンポーン」

「行きましょう、城島さん」と最上が急かす。

「被告人の無実を証明できるかもしれないの。お願い」

青山が粘り、「話せる範囲で」と駒沢も引かない。

仕方ないなと城島は口を開いた。

「政治がらみの人間のことは話せない。ただもうひとりのほうはおそらくこの会社の社長、的場直道の可能性が高い」

「本人にぶつけても口は割らない」

「ああ」と駒沢にうなずき、城島は続けた。「でも、さっき話に出た河川敷の辺りには的場御用達の店がある。アリバイの証明なら、原口がその時刻にその辺りにいたってことがわかればいいんだろう。なら調べてみろ。看板のない店だ」

とりあえずは一歩前進と一同はうなずき合った。


いっぽう、みちおと坂間は石倉たちにも手伝ってもらい、河川敷のホームレス仲間に聞き込みをしていた。

「カンちゃんの趣味は人助けだよ」と小松がみちおの問いに答える。

「趣味が人助け？」

「俺たちみたいにポジティブじゃなくて仕方なくホームレスになったヤツなんかをカン

ちゃんは助けてくれる。社会復帰できるように役所とタッグを組んで支援してくれたり、俺たちには欠かせない人だよ。甲状腺ナントカっていう病気かもしれないから病院に行けとか、俺たちの体まで気にかけてくれる」

「元医者?」

坂間の問いに、「イヤ」と小松は首を振った。「カンちゃんに診てよって言っても、病院に行けとしか言わないからな」

みちおと坂間は礼を言い、小松のブルーシート小屋から離れた。向こうで聞き込みをしていた石倉たちがふたりに合流する。

「カンちゃんの素性、誰も知らないそうです」

「ただ」と浜谷が石倉を補足する。「みんなで飼っていた犬がお手ができるようになったとき、『かたい、かたい』って言ってたって」

「かたい?」

「本人にどういう意味か尋ねたら、『お利口』という意味の方言だって」と糸子が説明する。「でも、どこの方言かは教えてくれなかったそうです」

「富山……」とみちおがつぶやく。

「そうなんですか」

「勘だけど、当たっててんじゃないかな」

「でも富山だけでは、どこの誰かはわかりません」

残念そうに言う石倉に、みちおが返す。

「いや、わかるかも」

「え……」


駒沢は公判があるので裁判所に戻ったが、青山、井出、川添の三人は現場に駆けつけた救急隊員から話を聞くために消防署へと足を延ばした。青山が現場の状況を尋ねると、救急隊員は気になることを口にした。

「少年は肋骨が折れて気胸になっていたんです。でも、その割には安定していて、胸腔に溜まった空気を何かで抜き出したような跡が残っていたんです。誰が処置したのかって話になって」

「井出さん、知ってました?」と川添が尋ねる。

「いえ、検察には上がってきていない情報です」

「普通に考えれば被告人ですよね。元医者? 相手を殴りつけてしまい、危ない状態だとわかり、慌てて処置したってことですかね」

「素性がわからないので警察は裏を取ることができなかったんでしょう」

川添は青山にも意見を聞こうとしてギョッとした。顔を蒼白(そうはく)にして、その場に固まっているのだ。

「青山さん……？」


その夜。合議室にひとり、青山が座っている。そこにみちおと坂間が入ってきた。

「呼び出して悪いね。はい、富山県川富(かわとみ)村名物、鱒(ます)寿司」

つい先ほどまで、みちおは坂間と一緒に青山の母親の地元、富山県に出張調査に出ていたのだ。

土産を差し出すみちおに青山は言った。

「名無しの権兵衛の素性がわかったのね」

「わかったよ」

「……」

「人口千人、七割がお年寄りの村で長い間医師を務めてきた」と坂間が被告人について判明した事実を語りはじめる。「十七年前、災害で道が遮断され、緊急の帝王切開をしないと助からない妊婦がいた」

みちおが写真を取り出し、青山の前に置く。

「まだ十七歳だった妊婦の篠塚弥生さん。肺塞栓症で母子ともに助からない可能性が高かった。幸いにして子どもは無事に産まれたけど、母親は亡くなってしまった」

「……」

「その後、被告人は失踪した」

「そして」と坂間が話を続ける。「被告人が失踪するまで、ずっと支えていた看護師がいた——青山さんのお母さんですね」

青山は小さくうなずき、ゆっくりと語り出した。

「両親が離婚するとき、私は父を選んだ。田舎に行きたくない、それだけの理由で。あのときの母の悲しそうな顔、忘れられない」

「……」

「田舎に戻った母にたまに会いに行った。そのとき、被告人とも会ったことがある。でも向こうは覚えていない。私が避けたから」

青山は苦いものを飲み込むように言った。「母は愛していた。あの男を……」

「……」

「今回の国選弁護——新しい事務所に来る若い弁護士が最初、受けたの。写真を見て驚いた。失踪した彼を母は必死に探していた。こんな形で見つかるなんて……」

そのことを母親に伝えたら、助けてやってくれと強く懇願されたのだ。

「なぜ、被告人が素性を隠そうとするのか――それを明らかにしないといけないんじゃないかな」とみちおが諭す。

「……母が村の人から非難を浴びるかもしれない。みちおのように私は強くない」

「だからって嘘をつくの？　法に」

「……」

「僕からの話は以上だよ」

みちおが去り、坂間も青山を気にしつつ、あとを追った。

「……」

*

第三回公判――。
法廷の後方の扉が開き、多恵が入ってきた。傍聴席に着く様子を、被告人がぼう然と見つめている。

「私の母です」

被告人は弾かれたように弁護人席の青山を振り返る。

「母に頼まれて、私はあなたの弁護を引き受けたんです」

被告人はおそるおそる多恵に視線を移す。十七年ぶりの再会だが、まるで変わっていないように見える。

目が合うのが怖いのか、被告人はうつむいた。


証言台に立った被告人に向かって、青山が語りかける。

「私はあなたが素性を明かしたくない理由がわかっていて、弁護をしてきました。でも、私は弁護士倫理に反することはできない。今からの質問に嘘偽りなく答えてください」

「……」

「まずは名前を教えてください」

しばしの沈黙のあと、被告人は口を開いた。

「……御手洗真一(みたらいしんいち)です……」

ようやく真実への扉が開いた。法廷の空気が一気に引き締まる。

「あなたは富山県川富村で長年医師を務めてきた。そして十七年前に姿を消した。事実ですか」

「……はい」

「なぜ、姿を消したんですか」

ふたたび黙ってしまった御手洗に、青山が語る。

「篠塚弥生さん。十七歳。子どもを身ごもり、堕胎を考えていた。あなたが命の大切さを訴え、産むことを決めた。でも出産直前、母子ともに危険な状態になった。その手術を担当したのは、あなたですね」

「……はい」

「母体が助からないと判断し、子どもだけでもと救った」

「いや、違う。母体も助けられたかもしれない。私じゃなかったら」

「あとで状況を知った総合病院の医師は、子どもだけでも助かったのは奇跡だったと言っていますが」

「いや、私じゃなければ……」

「なぜ、私じゃなければと思うのですか」

「……」

「答えてください」

背中に多恵の視線を感じながら、御手洗は絞り出すように言った。

「……ニセモノですから」

「ニセモノとは、どういう意味でしょうか」

「医師免許を持っていないから……私は無資格医です」

衝撃の告白に法廷はざわめく。「みちおと千鶴を見守る会」の面々のペンが激しく動きはじめる。『名無しの権兵衛。驚きの正体！』

みちお、坂間、駒沢が見守るなか、青山は冷静に質問を続ける。

「あなたのお父さんは医者がひとりしかいない過疎地で診療所を開いていた。あなたは医者にはなれず、看護師としてお父さんの病院を手伝っていましたが、人手が足りず、医療行為も行っていた。事実ですか」

「はい……」

「そして、あなたは知人に騙されて、診療所を借金の抵当に入れられた。心労でお父さんも亡くなり、逃げるように各地を転々とした。たどり着いたのが富山県川富村。そこは無医村だった。なぜ、医師になりすましたんですか」

「……最初はお金目的でした。無医村では医者に高額な報酬が与えられるんです。バレなければいいと診療だけではなく簡単な手術もやっていました。でも、村のみんなに頼られているうちに本物の医者にならなければと……できるかぎりの医療知識を独学で学びました。必要とされることに喜びを感じてしまった」

「あなたが無資格医だと村の誰もが気づいていませんでした。しかし、あなたの嘘に加担していた人がひとりだけいる。看護師だった私の母です」

「……」

「ニセモノでも無医村にはあなたが必要だと思って。私は依頼を受けるときに初めて聞かされました」

青山さんはすべてを承知で弁護を引き受けた……。

坂間は青山の心のうちを慮（おもんぱか）る。

きっと母親への罪ほろぼしの気持ちもあったのだろう。

「医師免許がないのに医療行為をしていた罪はすでに時効。だから私はそれを明らかにせず、弁護しようと決めた。でも、あなたはある罪を犯した」

「……」

「今回の事件、被害者の少年が命の危険にさらされた。少年を救うために誰かが医療行為をした痕跡（こんせき）が残っている。それはあなたがやったことですか」

御手洗はあのときのことを思い返す。

河川敷に倒れ、激しく苦しんでいる純を見つけた。気胸で呼吸ができなくなっている。一刻も早く肋膜に溜まった空気を抜かなければ、命に関わる。迷っている時間はなかった。

御手洗はポケットに刺さっていたボールペンを手に取り、純の胸に突き刺した。久しぶりの医療行為だったので、一度ではうまくいかず、何度も刺すことになったが、どうにか空気を抜くことができた。

安堵する間もなく救急車のサイレンが聞こえてきて、逃げるように立ち去った——。

御手洗がゆっくりとうなずき、純の目が驚きで見開かれる。

「あなたは被害者の少年を助けたいと思った。罪を犯してでも。理由を教えてください」

「……あのときの子だから」

「え……」と純の口から声が漏れる。

「十七年前、この手で……亡くなった母親から取り上げた子だから」

「その少年が住んでいる場所だと知って、今の地に居ついたんですか」

「……はい。何度か見かけた。でも話したのは……」

御手洗は口ごもり、自嘲気味に言った。「あんな出会い方って、さんざん嘘をついてきた罰でしょう」

「一度目の投石事件のときですね」

うなずく御手洗を純がぼう然と見つめる。

「裁判所からもよろしいでしょうか」と駒沢が口をはさんだ。「被告人のアリバイについてです。事件当日、午後六時より少し前に原口秀夫さんと男性二名が該当区域付近の店に入ったことがわかりました。しかし、本人に確認ができていないので現時点では明確な証拠とは言えません」

とはいえ、犯行時刻に御手洗が現場にいなかった可能性は高い。治療後すぐに現場を立ち去ったのも無資格医ということを鑑みれば納得がいく。

だとしたら嘘をついているのは……。

みちおは傍聴席の純に視線を向けた。

「被害者の朝倉純さん、証言をしますか」

「……」


覚悟を持って証言台に立った純の前に、法壇からみちおが降りてきた。

「先ほど、被告人が話した事実をあなたは知っていましたか」

「いえ……」と純は小さく答える。「母が自分を産むときに亡くなったことは聞いていました。それと純という名前をつけたのは母だと」

「被告人は嘘偽りなく本当のことを話したと言っています。あらためて証言したいことがあれば、話してください」

純は被告人席の御手洗にチラと目をやる。

もしあの人の証言が本当なら、産まれたときとこの事件のとき――自分は二度も命を救ってもらったことになる。

命の恩人に対して、もう嘘はつけない。

「一度目の投石のとき、みんなでやろうって言われて断り切れずにやりました。でも、あの人と話して、すごく後悔した。なのに……もう一度やろうって話になって……」

剛たちは石だけではなくレンガやスパナまで投げ込みはじめた。しかし、純は剛に強要されてもやらなかった。そのうち小屋から顔を出したホームレスの頭に石が当たり、マズいことになったと逃げ出した。

ひと息つくと、今度は矛先が自分に向かった。なんでやらなかったんだよと責められ、もう一度やってこいと剛がスパナを差し出してきた。

それでも動かないでいると剛が激怒し、スパナで思い切り胸を殴られた。痛みでうずくまったら、今度は息ができなくなった。

逃げ出す剛たちを見ながら、必死で携帯を取り出し、一一九にかけた。どうにか場所を伝えたところで、意識が途絶えた——。

「病院にみんなが来て、嘘をつくように言われた。嘘をつかないとひどいイジメに遭う。僕は嘘をついた。どうせホームレスだって自分に言い聞かせて……」

純の目から涙があふれる。

「ごめんなさい……ごめんなさい。間違っている。わかっていて、嘘をつきました」

泣きながら自分を振り返る純に、御手洗が微笑んでうなずいてみせる。

ようやくこの法廷からすべての嘘がなくなった——。

＊

拘置所の接見室で青山と多恵が待っている。やがて御手洗が入ってきた。アクリル板越しに多恵の前に座り、まごまごしたように複雑な顔になる。

泣いているような笑っているような……。

昔から私に面と向かうと感情のスイッチがおかしくなるのだ。

十七年前と変わらぬ御手洗の表情を見て、多恵の心があたたかくなっていく。

「老けたね」

「そっちこそ……いや、変わらんな」

「嘘ね」

　ふたりの顔に笑みがこぼれる。

「……もう逃げないでいい。勝手に逃げないで」

「許してくれるか」

　しばらくじっと御手洗を見つめ、多恵は言った。

「誰が許すか。アホ、バカ、ろくでなし」

　罵倒（ばとう）されながら御手洗は頭を下げた。

　顔を上げると、多恵の笑顔が目に飛び込んできた。


　その夜、そば処「いしくら」のカウンターで坂間と青山が飲んでいる。

「ホント、ろくでもない男にうちの母も惚（ほ）れたものよね」

「嘘のなかにある本当の姿に……お母さんは触れてしまったんだと思います」

　青山はグラスの酒を空け、「さて」と坂間に顔を向けた。

「議題――入間みちお」

「はい？」

「なんで、みちおが高校中退で中卒か知っている？」

「いえ」

「みちおの実家は知る人ぞ知る旅館だったのよ。でも経営が悪化して、ある嘘をついた」

「嘘……？」

「産地偽装。伊勢エビと称しながら東南アジア産のエビを使っていた」

「！……」

「ひとりの従業員の告発で裁判沙汰になった。そのとき、高校生だったみちおは法廷で証言した。両親が嘘をついている。産地偽装は真実だと」

驚く坂間に青山が言った。

「嘘から両親を解放してあげたのよ」

「……」

「そして、決して法に嘘をつかなかった。高校やめる必要ないのに、責任感じて働きはじめた。それから法律家を目指したのよ」

「……」

「みちおを見ていると、法律家として正しい選択をしなければいけないと思わされる。

法律家としてのみちお。男としてのみちお――私のなかじゃ八、二って感じ。ひと言で言えば、戦友よ」

「なんで私にそんなこと話すんですか」

「坂間さんはどうかと思って」

「え……」と戸惑う坂間にズバッと切り込む。

「どんな割合？」

「どんな割合と言われても……」

困ってしまう坂間に、少し残念そうに青山が言う。

「考えたこともないか」

「……」

「そうそう、みちおがみちこのきょうだいの名前つけた」と青山は話を変えた。「『よしお』と『ちづる』――これでイチケイのカラスだって。センスないよね」

苦笑する青山に坂間も笑った。


朝、みちおが出勤すると裁判所の前にマスコミらしき人々が群れている。そんなに話題になるような裁判が今日あったかなと考えながら歩いていると、彼らにあっという間に取り囲まれてしまった。

「弁護士との癒着は事実なんですよね。あってはならないことではないんですか⁉」

とボイスレコーダーを突き出すのは、みちおと青山を何度も盗撮していた週刊誌記者だ。

しかし、みちおは何が何やらわからない。

戸惑っているとほかの記者も裁判官としての倫理違反について追及してくる。

「どう責任をとるつもりなんですか⁉」

みちおは「あ！」とあらぬ方向を指さし、記者たちの注意がそれた瞬間、ダッシュで裁判所内に駆け込んだ。

エレベーターを待っている間もチラチラと視線を感じて仕方がない。どういうことなんだ……いぶかしんでいると懐でスマホが震えた。青山からのメールだ。

『ごめん、脇が甘かった。みちおを潰すためにずっと狙われていたのよ』

やはり何がなんだかわからない。

刑事部に入ると皆が待ちかまえていた。

「入間さん、これ」と坂間が週刊誌を開いて見せる。

『ただならぬ関係。裁判官と弁護士の癒着！』

煽情的な見出しの隣には青山とのいくつものツーショット写真が添えられている。

「みちおさんと青山さんが癒着していて、少年の現金ばら撒き事件で知り得た情報を伝え、民事訴訟で多額の利益を青山さんは得たって」

「それに世間を騒がせた再審公判で、ふたりの親密な関係から青山さんが弁護人を務め、一等地のビルに新事務所を作る道筋を与えたとか、癒着して無罪判決を出しているなんてことが書かれているんです」

石倉と浜谷から記事の内容を説明され、みちおはあ然としてしまう。

「いやいや、デタラメじゃない」

「しかし巧妙に嘘のなかにも本当のことを混ぜています」と駒沢が深刻な顔になる。

糸子がスマホを取り出し、「ちょっとネットで炎上してますよ」とＳＮＳの書き込みを見せる。真実を知りもしないのによくもこれだけひどいことが書けるなというような罵詈雑言、誹謗中傷が並んでいる。

「なんのためにこんなことを？」

首をかしげる川添に、駒沢がつぶやく。

「誰かが目的を持って入間君を狙っていた」

「目的って……」

みちおは考えるが思い浮かばない。

坂間が不安そうな視線を向けたとき、みちおのスマホが鳴った。意外な人からの着信にみちおはハッとする。


呼び出された場所はとある商業ビルの屋上だった。人工芝が敷かれ、ベンチも置いてある。フェンスの向こうに広がるビル群を眺めていると、日高がやってきた。

みちおが用件を尋ねようとしたとき、目の前にチラシが差し出された。

「今度、カレー屋を始めるのよ」

「は？」

「カレーは奥が深いのよ。もし裁判官を辞めたらやってみようって決めてたの。こんなに早く実現するとは思ってなかったけど……よかったら、来て」

そういえば一階に改装中の店舗があった。もしかしたら、あそこに入るのだろうか。

みちおはチラシに目を落とし、言った。

「日高さん、話って……これ？」

「入間君、裁判官になって何年目？」

「もうすぐ十年ですけど」

「知っての通り地裁の裁判官の任期は十年。任期満了後にほとんどの裁判官が再任される。問題のある裁判官以外は」

「……」

みちおのデスクの背後に飾られた三本足のカラスの絵を坂間が見つめている。その顔が不安げにゆがんだとき、みちおが戻ってきた。

「日高さん、なんの話だったんですか」

みちおはもらったチラシを差し出し、言った。

「カレー屋始めるんだって」

「はい？」

「どんな店か楽しみだね」

「話ってそれだけ？」

「そう、それだけ」

いぶかりながらも坂間はデスクへと戻る。

しかし、みちおは嘘をついていた。

それはみんなを思いやる、やさしい嘘だった――。

11

深夜零時を回って連打されるチャイムに、みちおはうんざりした顔でドアを開けた。

目の前にすっぴん部屋着姿の坂間が立っている。

「やっぱり……」

「やはり嘘ですよね。日高さんが入間さんを呼び出した理由です。本当のことを――」

詰め寄ろうとした坂間はみちおの背後に現れたゴージャスな美女にのまれ、その場で固まってしまう。

「誰？　こんな時間に」と美女がじっと坂間を見つめる。

「……決して誤解なさらないでください。私は入間さんの同僚の――」

「坂間千鶴さんだよ」と美女の背後からさらにもうひとり出てきた。

「！　あなたは入間さんの甥(おい)っ子」

たしか柳沢道彦(やなぎさわみちひこ)さん……。

「で、こっちが姪(めい)っ子」とみちおに紹介され、美女が挨拶する。

「柳沢美知恵(みちえ)です。坂間さんか。よく話をうかがっています」

「例のゴシップで心配して来てくれたんだよ」

「そうでしたか」

なぜか安堵(あんど)し、坂間はふたたび尋(たず)ねた。

「先ほどの私の質問ですが――」

「そうそう、さっき人はなんのために働くかって話になったんだよ」とみちおが強引に話をそらす。

「はい?」

「人生の半分は働くことに費やすから、大事だと思うんですよね」

道彦にうなずき、美知恵が坂間に問いかける。

「答えは童話『三人のレンガ職人』にあると思いませんか」

それ、どんな話だっけ……?

坂間の疑問を察した美知恵が物語の筋を語り出した。

「中世ヨーロッパのある町で旅人が三人の職人に出会い、『ここでなにをしているのですか?』と同じ質問をする。ひとり目の職人は『親方の命令でレンガを積んでいるのさ』と答え、不満を漏(も)らす。ふたり目の職人は『大きな壁を作っているのさ』と答え、家族を養う仕事があることに感謝する。三人目の職人は『完成までに百年はかかるけど教会の大聖堂を作っているのさ。完成すれば多くの信者の拠り所になる』——そう答え、仕事に使命と誇りを持っていた」

「同じ仕事をしていても、見ているものが違うんだよね」と道彦が物語のテーマに感心したようにひとりうなずく。

「なぜ働くのか——そこを強く意識している人の未来は自ずと大きく変わると思うな」

美知恵の意見に坂間も同意する。

「三人のレンガ職人の十年後からして明白でしょう」

「あれ、続きなんてあったっけ？」

「ええ」と坂間はみちおにうなずく。

「そういや、前に浦島太郎の続きを教えてくれたんですよね」

道彦が思い出し、「え、どんな続き？」と美知恵が食いつく。

「とりあえず今の話の続きを——」

「私の話の続きを」と坂間がみちおにかぶせた。

道彦は奥に引っ込み、美知恵に浦島太郎の続きを話しはじめる。

「いいですか。例の記事が出た直後、日高さんから連絡があった。カレー屋を開くことだけを伝えに来たとは到底考えられない。日高さんが記事の真意についてなにかを知り、あなたに伝えた――そう考えるのが自然です。なにを隠しているんですか」

「……隠してないよ」

そう言って、みちおはドアを閉めた。

「あ、もう……」


翌朝。

「まだ記者がすごいね」

マスコミの目を逃れるためにカレー店員の格好で出勤してきたみちおを、待ちかまえていたかのようにイチケイの一同が取り囲む。

「?」

ずいと坂間が前に出た。

「裁判官クビの可能性――それを日高さんが伝えたそうですね」

「!……」

「裁判官の任期は十年。ほとんどの人が再任される。問題のある裁判官以外は」

「……」

「信頼できる情報筋から日高さんがつかんだ。ゴシップ記事がダメ押しになる可能性があると」

「みちおさん、なんで黙ってたんですか」

みちおに詰め寄る石倉を、「心配かけたくないからでしょう」と駒沢が制する。

「いや、もう仕事が手につかない。僕は絶対にイヤ。任期終了まであと三週間しかない」

「あの、再任の基準って……?」

糸子の問いに川添が答える。

「最低限の仕事ができるか、組織人として最低限の役目を果たしているかどうか」

浜谷と糸子がみちおを見て、首をかしげた。

「たしかに組織人としての云々はかなり危うい」

「案外、クビ妥当だったりして」

ふたりの軽口を断ち切るように駒沢が言った。

「これは政治がからんでいるかもしれません。裁判官は最高裁裁判官会議の指名により、内閣が任命します」

「実質的には最高裁事務総局」と坂間があとを引きとる。「事務総長はあの香田健一郎氏。日高さんもおっしゃっていました。ゴシップ記事といいなにか大きな力が動いている」

「司法と政治の闇は深いからね」とため息まじりに川添がつぶやく。

「いやでも、クビにする目的は？」

「入間君に深く関わらせたくない案件があるのかもしれません」と駒沢が浜谷に答える。

「買いかぶりすぎじゃないですか」

みちおはそう言うが、坂間はその可能性が高いと思う。

「現在職権発動しているのは一件だけですよね」

「大学生が起こした自転車事故です」と石倉が答える。

「詳しい説明を」


みちおが現在手がけている案件についてミーティングをすべく、一同は会議室へと移動した。石倉が資料を配り、説明を始める。

「被告人は大学生・笹岡庸介（ささおかようすけ）。二十歳。自転車競技部に所属し、大会に向けて深夜自主練習をしていた。坂道でかなりスピードを出していたようです。さらに左側通行を守らずに角を曲がった。旅行帰りの家族連れが自宅に向かっているところに衝突。その事故で七歳の向井愛（むかいあい）ちゃんが大ケガを負い、現在も意識不明の重体です」

「なぜ職権発動を？」

坂間の問いにみちおが答える。「被告人の主張と違うんだよ」

石倉が被告人の主張を説明する。

「左側通行は守っていた。でも角を曲がる際、ライトで視界をさえぎられ、さらに工事用のガードフェンスがあったために右側を走るしかなかったと」

「深夜工事をやっていたの？」

浜谷の問いにみちおが首を振る。「検察によると一切工事の記録がない」

「どういうこと？」

「ね、気になるでしょ」とみちおが皆をうかがう。

ふいに駒沢が立ち上がった。

「部長、どこに？」

「情報収集です」と糸子に答え、駒沢は階段を下りていく。

「とにかくやるよ、検証を」

皆はみちおにうなずいた。

*

その日の夜遅く、みちおと石倉、そして弁護士の曾根山裕（そねやまゆう）が事故現場の路上に集まっている。そこに自転車に乗った坂間がやってきた。

「千鶴さん」

坂間が自転車を降り、みんなに合流する。

「部長が香田さんと会ったそうです。明言はしなかったそうですが、やはり霞が関の意向があるように感じたと。この案件、私も手伝います」

「みちおさんのため、ですね」

「もちろん……違います」と坂間は石倉にはっきり言った。「万が一にも、大きな力で真実を捻じ曲げるなら、司法はそれを許さない。なんのために裁判官の仕事をしているのか。三人目のレンガ職人のようにありたい」

坂間の決意表明に、「そうだ」とみちおが反応する。

「続き教えてよ」

坂間は童話『三人のレンガ職人』の続きを語りはじめる。

「ひとり目は相変わらず文句を言いながらレンガを積んでいた。ふたり目は賃金は高いけど危険をともなう屋根の上で仕事をしていた。そして三人目は現場監督として多くの職人を育てていた。でき上がった大聖堂には彼の名前がつけられた」

感心しながら話を聞き終え、みちおは坂間に言った。

「十年後、君が上に行き、みんなを束ねる立場になったら、いろいろ変わるのかもね」

「はい？」

「とにかくさ、今回の被告人、僕みたいにいろいろ叩かれてるんだよ」

「見てください」と曾根山がスマホ画面にＳＮＳを表示させる。

『子どもを轢いておいて反省ゼロ』『こいつ、前にも信号無視で事故起こしてる』『こいつの実家ここ』『同じように轢いてやらないとわからないんだよ』——。

「誹謗中傷、罵詈雑言の雨あられ」と石倉があきれる。

「自分が多数派だと安心してボコボコにする。自覚のない悪意は怖いね」

　押し黙る坂間にみちおは続ける。

「真実はなにか——それを見極めて正しい裁判を行う。この案件が最後になろうと、僕はいつも通りやるよ」

　ニコッと笑い、みちおは検証へととりかかる。


　自転車に乗ったみちおと坂間が左側通行で事故の起きた曲がり角に差しかかる。ハンドルを右に切ると、すぐに『被害者』の札をさげた石倉と曾根山の姿が視界に入ってきた。ふたりは自転車を停めた。

「左側通行を守っていたら、曲がる前から被害者が見えていたね」

みちおの報告に、石倉と曾根山はうなずく。

「しかし、被告人の証言ではガードフェンスがあり、右側通行するしかなかった」

「徐行すればよかったけど、ライトが目に入り、曲がる直前までガードフェンスがあることに気づかなかった」

慌(あわ)てて右に進路を変更し、角を曲がったところで被害者と衝突――。

「では再現してみましょう」

坂間とみちおはふたたび自転車にまたがり、来た道を戻っていく。

その間に石倉と曾根山はライトとガードフェンスを設置する。

やってきたみちおと坂間はフェンスに邪魔され、進路を右に移す。右折した途端に石倉と曾根山に出くわし、慌ててブレーキをかける。

「わかっていても危ないね」

坂間もみちおにうなずいた。「これが事実なら、必ずしも被告人の過失とは言えない」

「しかし、検察によるとその時刻に道路工事の記録はない。やっぱり、被告人の虚偽の発言じゃ……」

石倉の意見を聞きながら、坂間はふと塀に貼りつけられている看板に目を留めた。来年度この地区に大型複合施設『Tokyo Scramble』が完成することが記載されている。

坂間はいきなり自転車で走り出した。

「坂間さん？」

一同は顔を見合わせ、坂間を追いかける。

坂間は二百メートルほど自転車を走らせ、同じ看板の前で止まった。坂間が自転車を降りたところでみちおたちが追いついた。

坂間は立ち入り禁止の看板の前に立っている。看板には『大型複合施設に接続する地下鉄拡張工事』と記されている。

「先ほどの場所も地下工事エリアです」と坂間は皆に言った。「深夜の工事……あり得るかもしれません。労働基準法に反していれば」

「！……」

「この案件、もしかして私が審理している事件とつながっているかもしれません」

みちおは看板を見ながらつぶやく。

「なにがあるんだろうね。つながったその先に」

翌日、会議室に集(つど)った一同に坂間が担当案件の説明をしている。手もとのノートパソコンのモニターにはホームページが表示されている。

「ご存じの通り、この大型複合施設は日本最大級と言われています」

地下鉄の駅と一体化した商業施設やホテルはもちろん、大規模なイベントや国際会議にも対応できるコンベンションセンターも設置されており、新たな国際交流の拠点として期待されているのだ。

「坂間さんが担当しているのは、その地下鉄工事で起きた事故なんだよね」

「ええ」とみちおにうなずき、坂間は続ける。「業務上過失事件。川添さんと担当し、第一回公判を終えたところです」

川添が資料を配り、坂間とともに具体的に説明していく。

「事故の背景には地盤が軟弱で大幅に予定が崩れ、工事費がかさんだことがあるんです。それによって崩落事故が起きた。多くの作業員がケガをし、下請のイバタ工業現場監督の本庄昭（ほんじょうあきら）、四十歳が命を落とした」

「責任の所在はその本庄昭ともうひとりの現場監督・鷹和建設の青柳健作（あおやぎけんさく）、三十五歳」

「本庄昭は被疑者死亡により不起訴」

「しかし問題は、それが本当に業務上過失だったのかという点です」

「どういう意味ですか」と石倉が坂間に尋ねる。

「本庄昭はシングルファーザー。五歳の息子さんと母親と一緒に暮らしていました。母親の証言では、会社の命令で納期に合わせるよう違法な過重労働をやらされていた。それが原因で起きた事故なんじゃないかと」

「なるほど」と駒沢がうなずく。「日頃から過重労働が行われていたとしたら、真相が違ってくるかもしれませんね」

「自転車事故が起きた地点でも、深夜に秘密の地下工事をやってたかもしれない」

「それなら記録になくて当然です」と石倉がみちおにうなずいてみせる。

「これを見てください」

駒沢がモニターに新たなページを表示させる。『官民一体となった街づくり』というテーマでTokyo Scrambleのコンセプトを語っているのは与党議員の安斎高臣だ。

「プロジェクトリーダーは代議士の安斎高臣氏」

「安斎高臣っていえば、大物代議士・安斎康雄の息子……」と浜谷がつぶやく。

「それにこの工事の元請けは鷹和建設——あの巨額脱税をしていた企業です」

駒沢の言葉に一同は息をのむ。

「点と点が線になってきましたね」

真実が姿を見せはじめ目を輝かせる坂間とは対照的に、川添、浜谷、糸子の書記官チームは不安げな顔になる。

「これ、ヤバいですよ」

「もし裏を暴いたら」

「入間さんだけでなく、みんなのクビが吹っ飛んだりして」

覚悟を問うように坂間が尋ねる。

「入間さん、いつも通りですね」

「……」

「入間君」

「……じゃあ二つを併合しましょう」

そう決断したみちおの表情が、駒沢は少し気になった。

＊

第一回併合公判——。

被告人席には自転車事故の笹岡庸介と地下鉄工事事故の青柳健作が並んで座っている。

背後の弁護人席には曾根山と青柳の代理人の江原諭がいる。

「江原先生が弁護に当たっていたとは……」

恐縮しきりという感じで挨拶する曾根山に、「よろしくお願いしますよ」と江原が鷹揚に応じる。

そんな光景を見ながら、川添が石倉にささやく。

「あの弁護士、関東弁護士会の理事長ですよ」

「大物じゃないですか」

「悪い予感しかしない」

傍聴席の「みちおと千鶴を見守る会」の面々も、警戒心をあらわにペンを走らせる。

『なぜ、弁護士会の大物、江原が？』『プンプンと臭う不穏な空気！』『何が起こっている、イチケイ!?』

みちおを先頭に坂間、駒沢が入廷し、法廷の皆が立ち上がる。

「では開廷します。単独で審理していた二つの事件ですが、真実を明らかにするには併合審理が妥当と判断しました」

裁判長席のみちおに向かって、江原は不敵な笑みを浮かべる。

「まずは自転車事故について。弁護人」

「はい」と曾根山が立ち上がった。

「被告人が主張したライト、ガードフェンスがあったという場所は地下鉄拡張工事のために機材などを搬入する地点です。この検証映像をご覧ください」

モニターに先日の現場検証の映像が流れる。

「もし深夜一時に何かしらの搬入が行われていたとしたら、被告人の主張通り事故は避けられないものだった可能性が高いと考えられます」

映像を見ながら坂間は考える。

地下での工事はある意味密室。違法労働があったのなら、それをどう証明する……?

「検察官」とみちおが井出に声をかける。「工事に携わった青柳被告人に質問を」

証言台に立った青柳に井出が質問していく。

「亡くなられた本庄昭さんの母親、由美子さんは崩落事故が起きた地下鉄工事で違法労働があったと話されています」

「あり得ません」

「違法労働がないなら、どうやって納期に間に合わせようと考えたのですか」

「人手を増やして。だから人件費がかさみ、本来やらなくてはいけない地盤の補強を本庄さんがやめようとしたんです。過重労働が原因ではありません」

「裁判所からもよろしいでしょうか」と駒沢が発言を求める。「正規の労働であったという証拠はあるんですよね」

青柳に代わって江原が答えた。

「勤務報告のデータ。さらに人員補充の記録――すべてそろっています。」

違法労働を本気で隠そうとするなら記録は改ざんされていてもおかしくない。鵜呑みにはできないと坂間は余裕たっぷりの江原を見つめる。

同じ気持ちなのだろう。みちおが言った。

「この地下鉄工事に関わったイバタ工業の現場作業員全員から話を聞きたいですね」

「二十人を超えますが」と江原が返す。

川添がみちおを振り返り、問題ないとジェスチャーで示す。

「では全員、呼んで話を聞きましょう」

正気か……!?

江原はあきれたように裁判官たちを見るが、三人とも涼しい顔をしている。


公判が終わり、イチケイチームが法廷から出てきた。

「主任、ダメって言うと思ったら、まさかのOK」と石倉が川添の英断に賛辞を贈る。

「もはや行くところまで行くつもりでしょ、入間みちおは」

裁判官が目指す裁判をスムーズに行えるように手を尽くすのが書記官の仕事。だったら、とことんまで付き合うしかないじゃないか。

「次回、本庄さんのお母さんも法廷に——」

坂間に皆まで言わせず、「そうだね」とみちおが返す。

「次回の法廷はにぎやかになりそうですね」と江原が声をかけてきた。「ところで入間裁判長、裁判官再任が危ういとか」

「いや、個人情報駄々漏れでしょ」

「司法記者クラブでも噂になっているそうですね。お偉方のどこかの子飼いの記者が情報を流しているんでしょう」と駒沢がチクリと刺す。

まるで動じず江原が続ける。

「裁判官クビになったら弁護士に戻りますか。しかし、これ以上世間を騒がしたら、それも叶わないかも」

「わかりやすい圧力ですね」とみちおは苦笑する。

「わかってもらわないと」

「つまり、圧力をかけないといけないなにかがある」と駒沢が裏を読み解く。。

「この審理においてなにが正義なのか——私は私の正義に則っている」

「あなたの言う正義とは……？」

坂間の真っすぐな問いかけに、江原は不敵に笑った。

「いずれわかりますよ」


屋上のベンチに座り、坂間がスマホでネットニュースをチェックしている。Tokyo Scrambleについて熱く語る安斎高臣のインタビューだ。

「お待たせ」

顔を上げると、日高がビニール袋をかかげながらやってきた。

「はい、店で出す看板メニュー。ちゃんぽんカレーよ」

「ありがとうございます」と受けとり、坂間はさっそく食べはじめる。

「おいしい！」

要はカレーちゃんぽんの麺なしバージョンなのだが、ちゃんぽんスープとカレーとの相性が抜群だ。具材でカマボコが入っているのも長崎ちゃんぽんっぽくて、いい。

「いや、ホントおいしい」と坂間はあっという間に平らげた。

「まだまだよくなると思うのよね。スープの作り方を変えてみようかな」

「なんでカレー屋なんですか」

「好きだから、カレー。裁判官の仕事と同じくらい奥が深い」

「そこ、同じなんですね」と坂間が微笑む。

「それにさ、自分が頑張って作った料理で誰かが笑顔になると想像したら……まあ、きれいごとだけどね。本音だったりするのよね」

楽しげな顔を見ながら坂間がつぶやく。

「日高さんは、やっぱり三番目のレンガ職人」

「ん？」

「いいえ。それで以前、日高さんがおっしゃった上とは、やはり安斎高臣でしょうか」

「どうだろう。ただ、ここからは政治と司法の戦いね。司法は時として政治の下にある。歴史が物語っている。圧倒的不利な戦いになるはず」

「……」

「でも、あなたたちがどう戦うのか――『もしかして』を期待している」

法の世界への扉を開いてくれた恩師に、坂間は強くうなずいた。

「はい」

空になった容器を受けとりながら、「やっぱりまだまだ改善の余地はあるわね」とつぶやく日高に、坂間が微笑む。

どこの世界に行っても日高さんは日高さんだ。

こんな素敵な人から私はバトンを渡されたのだ。

司法が政治に屈するわけにはいかない——!

*

刑事部に本庄の母の由美子と息子の歩(あゆむ)を案内しながら、浜谷が言った。

「公判中、歩君はこちらで待機してもらいますから」

「すみません。幼稚園が休みで。歩、ご挨拶を」

勢ぞろいしているイチケイチームに向かって、歩がペコっと頭を下げる。その視線の先にヘビがいる。しかし、歩はノーリアクション。

辛抱できず、みちおが叫んだ。

「うわ、ヘビだ!」

歩は顔色を変えずにオモチャのヘビを手に取ると、それを近くのデスクに置いた。その様子を一同があ然と見守っている。

「みちおさんは驚いたけど、通じない」

石倉がつぶやき、「精神年齢はこの子のほうが上だったりして」と糸子は感心しきり。

今度は駒沢が絵本を持ってきた。

「これは私が娘のために作った自費出版の絵本です。絵は全部私が描いたんですよ」

歩はカバだかブタだかわからないヘタクソな絵が表紙に描かれた本をパラパラめくり、無言でそれをヘビの横に置いた。

「……」

歩は自分のリュックから漫画を取り出し、読みはじめる。

「あ、ジャスティスヒーロー」と浜谷がうれしそうに言った。「うちの子も好きなんだ」

「へぇー。面白いの？」

みちおが尋ねるが、やはり歩はノーリアクション。

「オレンジジュース飲む？」と川添が差し出すと、歩はリュックからお茶を出す。

「……」

微妙な空気に居たたまれず、「すみません」と由美子が頭を下げる。「もともとあまりしゃべらない子で……父親が亡くなってからは余計に……」

そのとき、坂間がふたりの前に進み出た。

「約束します。本当のことを必ず明らかにします」

歩は視線を上げ、チラと坂間の顔を見る。しかし、すぐにまた漫画を読みはじめた。

そんな歩をみちおがじっと見つめる。


第二回併合公判――。

傍聴席に鷹和建設社長・的場直道の姿がある。

証言台を囲むように集められた大勢の土木作業員たちは、違法労働などはなく常に適切な労働環境で作業をしていたと口々に訴える。

そんな彼らの証言を、坂間は苦々しい思いで聞いている。

元請けの社長がプレッシャーを。それに完全に箝口令(かんこう)が敷かれている可能性も……。

続いて由美子が証言台に立った。

「息子さんは会社からの命令で違法な労働を行っていたと言っていたんですね」と江原が由美子に確認する。

「はい。予定外の工事の遅れで、上から納期に間に合わせるように指示されたと言っていました」

「作業員が増員されたはずですが」

「そんな話は聞いていません」

「では指示をした上とは具体的には？」

「……わかりません」

「わからない？」

「疲れ切っていて、詳しく話を聞けるような状態じゃなかったんです。息子は朝五時には家を出て、帰ってくるのは午前〇時から一時頃。ずっとそれが続いていたんです。事故の直前、言ってました。頭が痛い、耳鳴りがすると。孫に聞かれたんです。お父さんは悪いことをしたから死んだのかって。孫には本当のことを知ってもらいたい――」

「本当のことですか……虚偽の発言をしているのはどちらでしょうね」

「え……」

「失礼ですが、本庄さんと奥さんの離婚の原因は、奥さんのギャンブル依存だとか。本庄さんが多額の借金を肩代わりした。現在の経済状態は？」

凍りつく由美子を見て、すかさず井出が声を発した。

「異議あり！　証人を不当に貶(おとし)める発言です」

かまわず江原は続ける。「過労による事故だと訴えれば、金銭を奪いとれるとでも考えたのではないですか」

「弁護人、やめなさい」と駒沢が制した。

「では質問を変えます。先ほど実際に働いていた人全員、違法労働はなかったと言っていますが」

由美子は悔しげに唇を嚙む。駒沢が気持ちを代弁するように言った。

「下請けの方たちは元請けの意向に反して、なかなか本当のことを言いづらいでしょう」

「しかし、違法労働があった証拠もありません。あったと言っているのは、本庄由美子さんだけです」

「十分検討に値する証言だと私は思いますよ」とみちおが江原に返す。「それに自転車事故の被告人の証言もあります。ただ、根拠は足りていません」

みちおに応えるように駒沢が口を開いた。

「労基に設置されている過重労働撲滅特別対策班。通称カトク。そこでは密告を保護する形でも情報提供を受けつけています。記録が残っているかもしれません」

「私からもよろしいでしょうか」と坂間が話しはじめる。「大型複合施設Tokyo Scrambleは来年のオープンが決まっている。遅れると困るのはプロジェクトに関わっている全員でしょう。プロジェクト側の話も聞きたいですね」

「争点は違法労働があったのか、なかったのか。気になることを全部調べてみましょう」

みちおの声を聞きながら、石倉と川添がつぶやく。

「当然、来る」

「敵に不足なし」

みちおは立ち上がり、言った。

「職権を発動します。裁判所主導であらためて捜査します」

傍聴席の「みちおと千鶴を見守る会」の面々が、熱い思いをこめてスケッチブックにペンを走らせていく。

『正義は必ず勝つ！』『突き進め、イチケイ！』

＊

翌日。駒沢、井出、川添、江原の四人は該当地区の労働基準監督署を訪れた。過重労働撲滅特別対策班の責任者、戸田順二は五十がらみの役人然とした男だった。

「Tokyo Scrambleに関する地下鉄拡張工事の件ですよね」

「ええ」とうなずき、駒沢が尋ねる。「匿名の告発はありませんでしたか」

「ありました」

あっさり言うと、「こちらが告発メールです」とファイルされた書類を見せる。

「やっぱり違法な労働は――」

川添の言葉を引きとり、戸田が続ける。

「あったとは一概に言えないケースが多いんですよ。企業に対する嫌がらせの類もあります」

「告発を受けて調べたんですよね」と井出が確認する。

「もちろん調べました。結果、違法労働はないと判断しました」

戸田の言葉に、駒沢、井出、川添はショックを隠せない。

「詳細は証拠として提出いたします」

「密告したのは本庄昭でしょう」と江原は苦々しげに言った。「嫌がらせですね。違法労働などなかった――これが国の答えですよ」

話は終わったとばかりに江原は席を立つ。

「ちなみに」と駒沢が新たな問いを戸田にぶつけた。「あなたのご経歴を詳細に教えていただけますか」

「はい？」

いっぽう、みちお、坂間、石倉、曾根山の四人はTokyo Scrambleの運営事務局を訪れ、プロジェクトメンバーに聞き込みを行っていた。

工事の遅れで施設の始動が延期されれば莫大な損失が発生することがわかり、是が非でも予定通りに完成させるよう強い指示が出ていたことは認めたが、その指示を出したのが誰かという話になると途端に彼らの口は重くなる。

「指示を出したのはプロジェクトのリーダー、安斎高臣代議士ですよね」とみちおが迫ったとき、会議室のドアが開き、新たな人物が入ってきた。

「もちろん、先生ですよ」

振り返ったみちおに男は笑みを向けた。

「安斎の秘書の田之上(たのうえ)です」

田之上幸三(こうぞう)はもともと安斎高臣の父・安斎康雄の秘書を長年務めてきたが、十年前に高臣が政治家に転身した際、彼の秘書となり、以来陰でずっと支え続けてきた。いわば安斎家の番頭のような存在だった。

「まさかとは思いますが、政治家が悪——そんなステレオタイプの考えをお持ちですか」

「まさかですよ」と坂間が受け流す。「多くの政治家は使命と誇りを持って国のために尽くしています」

「ええ。安斎先生は誰よりも国民に対して誠実だ」

田之上はふたたびみちおへと顔を向けた。「入間さん、あなたは安斎先生を法廷に呼ぶつもりなんでしょう。最高裁判事を呼んだぐらいだ」

「……」

「構いませんよ、こちらから出向いても」

まさかの申し出に四人は驚く。

「先生、裁判の行方を気にされていましてね。それに入間さん、裁判官の任期はあと十日でしょう。真相解明に時間がない。しかし、事は大事になる。疑うだけ疑っておいて、何もなかったでは済まされない。いや、済まさない——。あなたが相手にしているのは、ある意味、国だ」

黙ったままのみちおに代わり、坂間が言った。

「残念ながら、この人に圧力は効きませんよ」

「そうですよ」と石倉も畳みかける。「そんなこと気にしたことは一度もない。ね、みちおさん」

しかし、みちおの様子がいつもと違う。

「あれ?」

「入間さん、なに黙っているんですか」

「……」

「よくお考えの上、行動してください。もちろんその結果、裁判官再任もあり得ると思いますから。賢明なご判断を」

そう言って、田之上は去っていった。


その夜、イチケイの面々はそば処「いしくら」に集まった。ほかに客の姿はなく、そばを食べながら、今回の裁判の話に熱が入る。

「過重労働の告発はあった。しかし、その事実はなかった——これには裏があるかもしれません」

駒沢の発言の根拠を川添が説明する。

「安斎高臣の父親・安斎康雄は建設族であり厚労族でもある。当然労基にも顔が利く。さらにカトクの責任者は安斎康雄と出身大学が一緒で同じボート部」

「仮に違法労働があっても、なかったことにされたのかもしれません」と駒沢が結ぶ。

「残された一手は安斎代議士を法廷に呼んで、直接問いただす」

そう言って、石倉はみちおをうかがう。「たしかに秘書の方が言ってたように、ただじゃ済まないかもしれない。でも戦いますよね」

しかし、みちおは首を縦に振ろうとはしない。いつもとはまるで違う踏ん切りの悪さに石倉は思わず嘆いた。

「みちおさん、どうしちゃったんですか」

「……」

同様の思いを坂間も抱いていたから、つい口調がとがってしまう。

「入間さん、私はうれしかったんです。最後の案件になってもいつも通りだって言ったとき。入間みちおは入間みちおだって。それなのに、保身のほの字もない思っていたあなたが、ここにきて保身ですか！」

「……」

駒沢がボソッと言った。

「その保身は、入間君自身のためじゃない」

「え……」

「坂間さん、そして私。みなさんのことを思ってですよ」

「！……」

「いわば相手は国――入間君、もしものときをずっと懸念してたんでしょ」

「あ、いや……」と口ごもり、みちおはどう伝えたらいいのか考える。やがて、訥々と語りはじめた。

「裁判官の仕事ってさ、僕好きなんだよね。きっと坂間さんや部長も同じじゃないかな。石倉君、川添さん、浜谷さん、一ノ瀬さんも今の仕事、好きだと思うんだよね。突き進んだ結果さ、その『好き』を奪ってしまうことになるって想像したら……なんだか」

「なんだか迷った」

代わりに言う坂間に、「うん……」とみちおが小さくうなずく。

みちおの思いを受け止め、皆は黙ってしまう。

坂間の大きな声が、その沈黙を破った。

「うんじゃない！」

「え……」

「正しい裁判を行うなら、どれだけ周囲に迷惑をかけようがお構いなし。事件関係者のためになにがあっても真実をもって正しい判断を下す――それが入間みちお！」

「……」

「それにずいぶんとナメられたもんですね。覚悟ぐらいとっくにしています。いらない、そんな保身。受けとりません！　私の発言に異議がある方は？」

「異議なし！」と駒沢が即座に反応し、すぐにほかの四人も続いた。

「異議なし！」

「以上。我々の総意です」

みちおの顔が泣き笑いのようにゆがむ。

「……バカだな、君たち」

「バカにさせたのはあなたです」

「……」

「残りの任期十日で決着をつけますよ。はい」

坂間が手を出し、みちお以外の全員がその手に自分の手を重ねる。逡巡しているみちおの手を坂間が取り、そこに重ね合わせる。

「わかった、やるよ。いつも通り」

坂間の顔に笑みが広がった。

「そうです。いつも通りです」

「よし、全員一丸で戦いますよ！」と石倉が気合いを入れ、皆が重ねた手を跳ね上げた。

「まずは突破口ね」

「一つ気になっていることがあるんです」と浜谷に応え、駒沢が話しはじめる。「雲隠れしている鷹和建設の人事部長、原口秀夫。下請けが違法労働をやっていたとしたら、元請けの人事部長ならその事実を把握していた可能性が高い」

「だから身を隠した……」

「見つけ出しましょう」と糸子が身を乗り出す。

「仮に見つけても箝口令が敷かれているなら証言するでしょうか」

坂間は懸念するが、川添はきっぱりと言った。

「とにかく書記官チームで探し出します」

「じゃあ僕は話を聞いてみる」とみちおはとっておきの切り札を出す。「もうひとり、本当のことを知っているかもしれない人間に」

それはかなり意外な人物だった――。


ランドセルを背負った下校途中の少女の様子を石倉、川添、浜谷、糸子が少し離れた物陰からうかがっている。

「あの子が原口秀夫の娘の芽衣ちゃん」

糸子にうなずき、浜谷がつぶやく。

「きっと連絡ぐらいはとっているはず」

こちらにやってきた芽衣の前に、川添が進み出た。

「裁判所の者ですが、原口秀夫さんの――」

芽衣は後ずさり、防犯ブザーを鳴らした。川添はあわあわとパニックになる。

「そりゃ反応するよね、不審者に」と浜谷がため息をつく。慌てて石倉が駆け寄った。

「ごめん、驚かせて」

石倉の笑顔を見て、芽衣はブザーを止めた。

「そりゃ反応するよね、イケメンに」と糸子がボソッとつぶやく。

「僕たちはお父さんを探しているんだ」

「……今度会うけど」

心のなかで拳を握り、石倉はやさしい笑顔のまま尋ねた。

「いつ？」

「しあさって、私の誕生日」

「最後の公判の日だ……」


質素なアパートの一室でみちおと坂間が由美子と歩と向き合っている。行儀よくテーブルに着いている歩に、みちおが話しかける。

「最高だったよ、ジャスティスヒーロー」

「！……」

「たしかに最高でした」と坂間もうなずく。

「え、読んだの？」

「一気読みです。ジャスティスヒーローが傷ついた人にかける言葉に感動しました」

「あそこ僕も好き」

「心が痛い――そう感じるなら死んでない。痛いって感じるのは生きている証拠だ。その痛みが――」

「君を強くする」と歩が坂間に声を重ねる。

「！……」

みちおがやさしく歩に尋ねた。「お父さんのこと、聞かせてくれるかな」

歩はコクンと首を縦に振る。

「お父さんが頑張ってたことで、歩君だけが知っていることってないかな」

「……勇気をあげた」

「もしかして……」とみちおは右手を胸に当て、歩のほうに突き出す。

「自分の胸に手を当て、思いを込めて、相手の胸にその思いを注入する――ジャスティスヒーローの得意技ですね」

歩は坂間にうなずいた。

「お父さんにどうして勇気をあげたの？」

歩は席を離れ、奥の部屋から何かを持ってくる。それはジャスティスヒーローのイラストが表紙に描かれた日記帳だった。

「忙しくて話す時間もなくて、息子と孫は交換日記をやっていたんです」と由美子がふたりに説明する。

渡された日記帳にみちおが目を通していく。その日の出来事を歩が記し、それに昭がひらがなで返事を書いていくという形で、父子の饒舌（じょうぜつ）な会話がくり広げられていた。

懐でスマホが震（ふる）え、みちおは日記帳を閉じた。出ると、駒沢だった。

「どうですか、勝負に出ますか」

「はい」とみちおが駒沢に答える。

「わかりました」

スマホを戻し、みちおは歩に向き合う。坂間も真剣なまなざしで歩を見つめる。

「歩君にお願いがあるんだ。君も戦ってくれないかな。あったことをなかったことにしないために」

ふたりに向かって、歩はコクンとうなずいた。

＊

第三回併合公判――。

裁判所の前でリポーターがカメラに向かって話している。

『Tokyo Scrambleに関わる地下鉄拡張工事の違法労働疑惑について、プロジェクトリーダーの安斎高臣議員が本日、法廷で証言します。裁判長を務める入間裁判官は弁護士との癒着も取り沙汰されており、その言動に多くの非難の声が上がっています』

リポーターの背後、浜谷と糸子が誰かを引っ張っていく姿がカメラに見切れる。

「本当に証言しなくてもいいんですね」とふたりに念を押しているのは原口秀夫だ。

「入間裁判長はあなたに証人の話を聞いてもらいたいと」

「みなさんと一緒に」

裁判所のロビーには工事に関わった作業員たちが勢ぞろいしていた。

「これはあなたたちのための裁判でもあると」

浜谷は一同にそう告げた。

開廷を宣言し、みちおは安斎を証言台へとうながす。安斎はゆっくりと歩を進める。

その足取りは自信に満ち、揺るぎがない。

「では証人尋問(じんもん)を始めます。検察官、質問を」

井出が立ち上がり、安斎に尋ねた。

「プロジェクトを予定通りスタートさせるために急ピッチで作業をするように指示したのはあなたですね」

「はい、私です」と安斎が答える。「あの施設は日本の弱点と言われる国際会議の需要にも対応し、すでに大きな会議が決まっていました。それにアジアにおける研究開発拠点として、多国籍企業の日本法人や海外企業の誘致も内定していました」

「遅れが出たら白紙になる。それを避けたかったんですね」

「ええ」と安斎はうなずいた。「私は信念を持って指示を出しました」

「私からもよろしいでしょうか」

みちおは安斎に尋ねた。「あなたの言う信念とは？」

「国民の利益、国益を守る——それが政治家」

「……」

「今、日本の借金はいくらあるのか、ご存じですか。国が破綻(はたん)したあのギリシャの何倍もの赤字財政。今回のプロジェクトは日本再生のきっかけとなるはず。何があっても予定通り行わなければならなかった」

「犠牲が生まれたとしてもですか」

みちおと安斎の視線が激しくぶつかり合う。

「誤解を恐れずに言えば、イエスです」

「……」

「一億二千万の国民の利益と天秤にかけたとき、覚悟を持って選択しなければいけない局面は多々あります。未来が見えていない政治家を国民が信頼しますか？　私が相手にしているのは個ではなく国民全員です。冷徹だと思われようが、それが私の使命です」

みちおはうなずき、安斎に言った。

「私の使命は真実を知ること。そして正しい裁判を行うことです」

一歩も引くつもりはないと安斎に目で伝える。

「……これだけは明言しておきますが、間に合わせるよう指示は出しましたが、違法労働をやれとは言っていない。黙認もしていない。そもそも本当に違法労働はあったんですか？……私も真実が知りたい」

「ではもうひとり証人尋問を行います。亡くなった本庄昭さんの息子の歩君です」

川添に連れられ入ってきた歩を見て、法廷はざわめく。

これには安斎も驚き、正気か……とみちおを見返す。

「みちおと千鶴を見守る会」の面々のペンが激しく動き出す。

『まさか五歳の証人!?』


証言台に座った歩に向かい、みちおが法壇を降りてくる。歩の小さな体は緊張で震えている。みちおは自分の胸に手を当て、それを歩の胸にそっと当てる。

「……」

歩の震えが収まっていく。

「お父さんのことを話してくれますか」

うなずき、歩は口を開いた。

「……お父さんはいっぱい、働いてました」

「いっぱいとはどのぐらいですか」

「僕が起きるより早く家を出て、僕が寝る時間にも帰ってきませんでした」

「お父さんに勇気をあげたときのこと、話してくれますか」

「夜、眠っているとき、目が覚めました」――。

頭を撫でる大きな手の感触で、お父さんだとわかった。

「起こしちゃったな」

そう言ってお父さんはギュッと抱きしめてくれた。そのとき、お父さんの口から苦しそうな声が漏れるのを聞いた。

「お父さん、泣いてるの？」

「……勇気がないんだ。間違っていることを間違っていると言う勇気が。……女の子が自転車とぶつかって大ケガをした」

「お父さんのせいなの？」

黙って体を離したお父さんに言った。

「お父さん、勇気をあげる」

自分の胸に右手を当て、それをお父さんの胸に当てる。

「これで大丈夫」

お父さんは目に涙をにじませ、もう一度抱きしめてくれた――。

「お父さんは言ってました。間違っていることをちゃんと言えたって」

歩の言葉に、傍聴席の原口や作業員たちの胸は打ち震える。

「これを見てください」と坂間がモニターに歩の交換日記を表示させる。

「本庄さんが日記にそのことを記しています」

『まちがっているとちゃんといえたよ。ありがとう』——。

開かれたページにはそんな一文が書かれていた。

ふたたびみちおが歩に尋ねる。

「お父さんはほかになんて言ってましたか」

「きっといっぱい働かなくてもいい。きっとみんな、休むことができる。きっとこれで僕と遊ぶ時間が——」

「異議あり！」と江原の鋭い声が歩の言葉をさえぎった。「五歳の幼児の証言——証言能力に問題があります。認められない！　茶番だ！」

「何が茶番ですか！」と坂間が叫び返した。「あなたにはわからないんですか。五歳の男の子がお父さんのことを思い、この場にいる意味を！　お父さんの誇りを取り戻すために、勇気をふりしぼって証言していることが！」

「年少者の証言では、五歳九か月の幼児の証言を認めた高裁の判例があります」と駒沢が冷静に江原に告げる。

「もちろん存じています。ただ、それは今回のように高度な証言能力を必要としていないケースです」

「ええ。だから証言能力の妥当性をあらかじめ調べました」

「え……」

駒沢にうながされ、曾根山が言った。

「ここに弁十四号証を提出します。歩君が通う幼稚園での先生方の証言を提出します。歩君は通常の園児より成長が早く、十分な証言能力があることが示されています」

江原が押し黙るのを見て、駒沢は井出へと視線を移した。

「検察官、違法労働の告発の件について話してください」

「調べたところ、カトクに告発したメールは本庄昭氏が送ったものではなかった。では本庄氏は誰に違法労働の改善を訴えたのか。それを受けて誰かが告発した——その誰かはこの法廷にいると考えています」

井出の言葉を受け、みちおは傍聴席の原口らに顔を向けた。

「裁判は誰のためにあるのか——裁判は常に平等であり、すべての人のためにあります。司法は絶対に真実を捻じ曲げない。だからこそ人は安心して生活が送れる」

「……」

「笹岡庸介さんはなぜ、自転車事故を起こしてしまったのか。本庄昭さんはなぜ命を落とさなければいけなかったのか。裁かれるべき人間は、誰か——」

「……」

「想像してください。あったことをなかったことにされたら、どれだけの人が傷つくか」

「……」

「想像してください。あったことをなかったことにして、どれだけの苦しみを抱えて生きていくことになるのか」

「……」

「想像してください。勇気を持ち、一歩踏み出したときに失わずに済むものを」

「……」

「なんのために、誰のために働くのか。少なくとも自分の人生に誇りを持っていけるのではないでしょうか」

「……」

「一歩踏み出す勇気――それは本庄歩君からもらったはずです」

みちおは傍聴席に向かって尋ねた。

「証言をしたい方はいますか」

やがて、作業員たちが次々と手を挙げはじめる。

「おい、お前たち」

慌てて止めようとする社長の的場を安斎が制した。

「やめなさい」

最後に原口が手を挙げた。

「私が代表で証言します」


みちおは法壇を降りたまま、証言台の原口に向き合った。原口は言った。

「カトクに違法労働を訴えたのは、私です」

五歳の子どもの純粋な思いが明らかにした事実に、法廷がざわめく。

「亡くなった本庄さんから直接訴えがあった。違法労働によって予期せぬ交通事故が起きた。それにみんな限界だ。このままでは大変な事故につながるかもしれないと」

「……」

「本庄さんは業務上過失など起こしていない。過労で事故が起きた。それを会社の指示で偽装した――これが真実です」

的場は憎々しげに原口をにらむが安斎の表情が変わることはない。

原口はみちおを見据え、言った。

「裁判長、ありがとうございました。これで誇りを失わなくて済む」

傍聴席で由美子が涙を流している。隣に座る歩は大人びた表情で原口とみちおを見つめている。

みちおは正面に向き直り、ゆっくりと口を開いた。

「自転車事故の原因、そして崩落事故の原因は、違法労働にあると判断します。責任の所在は鷹和建設にある」

感情を殺した顔の下、安斎が何を考えているのかはうかがい知れない。

公判が終了し、安斎と田之上が法廷を出ると東京地検特捜部の面々が待っていた。城島が前に立ち、安斎に告げる。

「鷹和建設が脱税で得た資金の流れを解明できました。その一部はあなたの父親、安斎康雄氏の政治資金団体に流れていました。持ちつ持たれつの関係だったようですね」

黙ったままの安斎に最上が詰め寄る。

「鷹和建設に違法労働を事実上指示し、その隠ぺいに動いたのは――」

「私ですよ」とかぶせるように田之上が言った。

「秘書がやりました、ですか」と城島が残念そうにつぶやく。「この件は安斎康雄氏が関与していると検察は考えています」

「私は何も知らず、ただ神輿を担がされていただけなのか……」

ぼう然とする安斎に、背後から井出が声をかけた。

「すべてわかっていて、見て見ぬ振りをしていたんじゃないですか」

井出の横にはみちおや坂間らイチケイの面々の姿もある。

振り返った安斎に、井出は続ける。

「もしくは、そう動くように暗に働きかけた」

安斎の顔に初めて個性のようなものが浮かんだ。かすかにあらわになったそれは、尊大で傲岸不遜な選民意識の塊だった。

安斎は言った。

「しかし、それは罪ではない。裁くなら、私以外の人を裁けばいい」

正体を現した怪物に、一同の背筋に怖気が走る。

安斎はみちおに目を移し、言った。

「入間みちお――またいつか会うことになるかもしれないな。そのときが楽しみです」

嘲るようなその視線を、みちおはしっかり受け止めた。

＊

スクランブル交差点の街頭ビジョンにニュース映像が流れている。

『Tokyo Scrambleに関わる地下鉄拡張工事で前代未聞の不祥事です。プロジェクトリーダーを務める安斎高臣議員の父親、安斎康雄議員が秘書の田之上幸三に指示を出し、鷹和建設の違法労働の隠ぺいを図っていました。安斎高臣議員は父親と秘書を異例の告発。真相解明のための捜査に積極的に協力していると見られています。またこの違法労働が誘発した自転車事故で意識不明の重体だった向井愛ちゃんですが、このほど意識が戻り――』

信号待ちでニュースを眺めていた主婦たちがささやき合う。

「安斎議員ってすごいよね。お父さんを告発したんでしょ」

「あの人、やっぱりクリーンよね」

おおむねの人々が同じような感想を持った。

「え、やっぱりクビ!?」

ユニフォームの用意をしていた坂間は、スマホに向かって思わず大きな声を上げた。スピーカーから悄然とした駒沢の声が聞こえてくる。

「先ほど支部長から連絡が。入間君にはすでに伝えて、納得しているそうです」

裁判所、検察官、弁護士の三チームで戦う野球大会当日に入った知らせだった。

電話を切ると、坂間は部屋を飛び出した。

訪れたのは最高裁判所だ。幸い目的の人物はすぐにつかまった。

会議室で向かい合うと、坂間は香田に迫る。

「この期におよんで、まだ政治に忖度するんですか」

「言葉を慎みなさい」

「納得がいく理由を説明してください」

「たしかに入間君は正しい裁判を行う。しかし裁判所という組織においては問題がありすぎる。刑事訴訟法の建前から逸脱した職権発動捜査を多発し、こちらの注意にも全く耳も貸さない」

それに関しては焚きつけた部分も少なからずあるので、坂間は強気に出られない。そんな坂間の思いを見透かしたように香田は続ける。

「本来ならあなたの責任も問われるはずだったんだ」

「え……」

「赤字解消のために第三支部に派遣された。それを改善するどころか助長させた。幹部として事務総局にという話は白紙。それを入間君が、責任は自分にあって坂間のせいではないと。君の責任は問わない――彼の最後の願いを受け入れ、最高裁裁判官会議を経て、決定したことです」

そんな……。

「君がどんな裁判官になるのか楽しみだと言っていたよ。彼の思いを無駄にはしないように。話は以上です」

会議室を出た香田を、坂間は追った。ホールまでついてきた坂間を香田がうんざりしたように振り返る。「いい加減に――」

「裁判官にとって大事なことはなんだと思いますか」

「は？」

「組織運営において、赤字を出さないことは当然大事なことです。それともう一つ――話を聞いて聞いて、悩んで悩んで、一番いい答えを決めること。それも大事なことです。私は入間さんから教わった」

「……」

「私のほうこそ見てみたい。裁判官としての入間みちおのこれからを――。香田さんは違うんですか」

「……」

「お願いします。今一度、ご検討を」と坂間は深々と頭を下げる。

「……もう決定したことだ」

そのとき、野球のユニフォーム姿の一団がホールになだれ込んできた。

「な、なんだ」

先頭に立つ駒沢が断固たる口調で、香田に言った。

「認めませんよ、入間君のクビなんて」

「なんの権限が――」

「懲戒処分を受けたご子息の香田隆久裁判官、近々復帰するそうじゃないですか」

痛いところを突かれて口をつぐむ香田を、井出、城島、糸子、浜谷、石倉、川添が取り囲み、三文芝居を打ちはじめる。

「誤審して、それを隠そうとして証人に圧力をかけ、証言まで捻じ曲げたあの香田隆久裁判官」

「おいおいおい、驚きだな」

「それって、お父さんの意向が働いたとか」

「まさかね。人事のトップがやっちゃダメでしょ」

「だったらおかしいじゃないですか、今回のみちおさんがクビって処分。それと比べたら重すぎる」

「司法記者クラブのギター仲間にちょっと話してみようかな。話してみよう」

香田は一同を見回し、言った。

「脅(おど)しているのか」

「まさか脅すなんて。我々は司法に関わる人間ですよ」と駒沢が大げさに驚いてみせる。

「……」

「さて、ここにいる法曹(ほうそう)界に関わる全員に聞きます。入間君のクビは妥当か」

駒沢の問いかけに、皆は声をそろえた。

「異議あり！」

皆を代表するように坂間が迫る。

「香田さん、法曹界は入間みちおを必要としているんです」

裁判官、検察官、弁護士――全方位からの圧力に香田は白旗を上げた。

その頃、みちおはみちこを連れ、ユニフォーム姿で無人のグラウンドに立っていた。

「なんで、みんないないの？」

みちこも首をかしげたとき、ポケットでスマホが震えた。坂間からだ。

「なにやってんの、みんな」

「入間さん、暖かい場所と寒い場所――どっちがいいですか」

「は？」

*

「なんなんですか、これ」

刑事部に次々と運ばれてくる段ボール箱に安藤早紀は思わず声を上げた。運送業者は箱を開け、入っていた品々を空いているデスクに置いていく。

なまはげの面に信楽焼のタヌキ、大小のこけしにナポリタンの食品サンプル……まるで脈絡がなく、意味不明だ。

「今日からうちに来る裁判官の所持品みたいね」と部長の富永大吾はデスクを埋めていく雑多な品々をポカンと眺める。その隣で書記官の森崎雄太が首をかしげる。

「なにマニア……？」

そこにもうひとりの書記官の砂田弥生がやってきた。

「東京地裁第三支部からこれが」と郵送されてきたファイルをかかげる。ファイルの表紙には『赴任する裁判官に関する取扱説明書』と記されている。

「取扱説明書……？」

新たに同僚となる裁判官の、着任前から漂ってくる不穏なにおいに、早紀はイヤな予感しかしない。

その頃、当の本人、入間みちおは赴任先の熊本地裁第二支部に向かって歩いていた。通り道に城跡公園があり、堀に浮かぶ水鳥を眺めながらのんびりと歩を進める。

懐のスマホが震えた。出ると坂間の声が聞こえてきた。

「忘れ物ですよ、カラスの絵」

「君にあげようと思って」とみちおが答える。「差し支える？」

「差し支え……ありません」と坂間が微笑む。「熊本はどうですか、入間さん」

「空気がおいしいよ」

「いいですか。クビをギリギリでまぬがれた温情人事を無駄にしてはいけませんよ」

「……わかってるよ」

「確認事項を。『法廷の秩序（ちつじょ）を乱す行為』『裁判官としての品位を貶（おとし）める行為』『公判の長期化を助長する行為』は常識の範囲内で行ってください。具体的には——」

「ストップ！」と延々と続きそうな坂間の注意をみちおが止めた。

「ちゃんとやると約束してくれますか」

「……うん」

「今の『うん』は怪しい。実家の長崎からそちらの支部は近いので、定期的に視察に行きますからね」

「……監視されてる感じでイヤだな」

「感じではありません。監視です」

「わかったよ。そっちも約束守ってよ」

「はい」と坂間はうなずいた。「私はイチケイのカラスになります」

力強い答えにみちおは微笑む。まぶたの裏に、法服をまとい法廷へと向かう坂間の、使命と誇りに満ちた凛（りん）とした表情が浮かぶ。


段ボール箱から出された多種多様な品々を、デスクを取り囲んだ熊本地裁第二支部のイチケイメンバーが眺めている。

「あ、それ、ふるさと納税返礼品コレクション」

振り返った一同は、ヒゲ面の残念イケメンのインパクトに圧倒される。

「お土産代わりに一つずつ欲しいのあげる」

「まさかあなたが……」と早紀はおののく。イヤな予感はどうやら当たりそうだ。

「裁判官の入間みちおです」

「！……」

「そうそう、さっき支部長から聞いたんだけど、馬刺し用の馬十頭が盗まれた案件――被告人と被害者の証言がまったく食い違ってるんだって？」

「えっ、ええ」と戸惑いながら富永がうなずく。

「僕も入れて。職権を発動する」

「職権……？」

「そう。裁判所主導であらためて捜査するんですよ」

この人、なにを言ってるの……？

キツネにつままれたような一同に向かって、遠足の前日の少年のようにみちおはニコッと笑った。

Cast

入間みちお……………………竹野内 豊

坂間千鶴……………………黒木 華

石倉文太……………………新田 真剣佑

井出伊織……………………山崎 育三郎

浜谷澪………………………桜井 ユキ

一ノ瀬糸子…………………水谷 果穂

・

川添博司……………………中村 梅雀

城島怜治……………………升 毅

日高亜紀……………………草刈 民代

・

駒沢義男……………………小日向 文世

【 TV STAFF 】

原作／浅見理都『イチケイのカラス』（講談社モーニングKC）

脚本／浜田秀哉

音楽／服部隆之

プロデュース／後藤博幸
有賀 聡（ケイファクトリー）
橋爪駿輝

編成企画／高田雄貴

演出／田中 亮
星野和成
森脇智延
並木道子

制作協力／ケイファクトリー

制作・著作／フジテレビジョン

【 BOOK STAFF 】

原作／浅見理都

脚本／浜田秀哉

ノベライズ／蒔田陽平

ブックデザイン／竹下典子（扶桑社）

DTP／株式会社明昌堂

校閲／皆川 秀

イチケイのカラス（下）

発行日　2021年6月30日　初版第1刷発行

原　作　浅見理都
脚　本　浜田秀哉
ノベライズ　蒔田陽平

発行者　久保田榮一
発行所　株式会社 扶桑社
〒105-8070
東京都港区芝浦1-1-1 浜松町ビルディング
電話　03-6368-8870(編集)
03-6368-8891(郵便室)
http://www.fusosha.co.jp/

印刷・製本　中央精版印刷株式会社

Printed in Japan
ISBN978-4-594-08892-7